विश्व की
प्रतिनिधि कहानियाँ

विश्व की प्रतिनिधि कहानियाँ

संकलन एवं सम्पादन

डॉ. आभा गुप्ता ठाकुर

वाणी प्रकाशन

वाणी प्रकाशन

4695, 21-ए, दरियागंज, नयी दिल्ली 110 002

फ़ोन : +91 11 23273167 फ़ैक्स : +91 11 23275710

शाखाएँ

अशोक राजपथ, पटना 800 004, बिहार

कॉफ़ी हाउस कैम्पस, महात्मा गांधी मार्ग, इलाहाबाद 211 001, उत्तर प्रदेश

महात्मा गांधी अन्तरराष्ट्रीय हिन्दी विश्वविद्यालय, वर्धा 442 001, महाराष्ट्र

www.vaniprakashan.in
marketing@vaniprakashan.in
sales@vaniprakashan.in

VISHWA KI PRATINIDHI KAHANIYAN
Edited by Dr. Aabha Gupta Thakur

ISBN : 978-93-88434-62-1
Collection of Stories

प्रथम संस्करण

मूल्य : ₹ 395

एम.एस. प्रिंटर्स, दिल्ली-110 093 में मुद्रित

वाणी प्रकाशन का लोगो मक़बूल फ़िदा हुसेन की कूची से

अपने विदेशी छात्रों के लिए

अपनी बात

मैं पिछले तेरह वर्षों से विदेशियों एवं ग़ैर-हिन्दी भाषी छात्रों को हिन्दी भाषा की बारहखड़ी से शुरू कर साहित्य से परिचित कराने का कार्य कर रही हूँ। कई बार जब मंच से विद्वानों को हिन्दी की सेवा में जीवनोत्सर्ग करने का आह्वान करते सुनती हूँ तो स्वयं को सौभाग्यशाली मानती हूँ कि मुझे भी अपनी भाषा का संस्कार ग़ैर-हिन्दी भाषी जिज्ञासु छात्रों में रोपने एवं उसे विकसित करने का अवसर मिला। इसी श्रमसाध्य लेकिन शिक्षक के रूप में तुष्ट करने वाली प्रक्रिया के तहत मुझे पी.जी. डिप्लोमा के छात्रों की अनुवाद-परियोजना के निर्देशन का कार्य मिला जिसमें मैंने उनसे कई अन्य कार्यों के साथ ही विश्व की अलग-अलग भाषाओं की प्रतिनिधि कहानियों का अनुवाद भी करवाया।

जिन छात्रों को कभी मैंने क, ख, ग सिखाया हो, उनमें जब अपनी भाषा से हिन्दी में कहानी को अनूदित करने की समझ विकसित हो गयी तो मेरे लिए यह सुखद अनुभूति और निःसन्देह गर्व का विषय था। कुछेक विदेशी छात्रों ने बार-बार पूछा कि क्या ये अनुवाद प्रकाशित हो सकते हैं? प्रश्न जितना सरल था उत्तर उतना सहज नहीं था पर मेरे मन में उनके अनुवाद-कार्य के लिए जो सम्मान था, उसी ने शायद इस पुस्तक की योजना पर अमल करने का हौसला दिया और वाणी प्रकाशन के प्रबन्ध-निदेशक श्री अरुण माहेश्वरी ने इस प्रस्ताव को स्वीकार कर हिन्दी सीखने की उत्कट अभिलाषा से युक्त मेरे उन विदेशी छात्रों की आकांक्षा पर मुहर लगा दी। कहानी-संग्रह की अधिकांश कहानियाँ उन्हीं के हिन्दी प्रेम की परिचायक हैं। कुछ अन्य कहानियाँ मैंने संकलन को एक

रूपाकार में ढालने के उद्देश्य से, अपने मित्रों से अनुरोध कर अनूदित करवायीं, जिसके लिए मैं उनकी आभारी हूँ। ये कहानियाँ अपना परिचय स्वयं देंगी, ऐसा मानते हुए ही मैंने संकलन के अन्तर्गत कहानियों का चयन किया है।

इस संकलन की छह कहानियों के अनुवाद विदेशियों ने किये हैं एवं इनकी ख़ासियत यह है कि ये अनुवाद मूल भाषा से सीधे हिन्दी में हुए हैं, जबकि पाँच अनुवाद अंग्रेज़ी अनुवाद का तरजुमा हैं।

विश्व की प्रतिनिधि कहानियाँ शीर्षक से प्रकाशित इन कहानियों ने यदि सुधी पाठकों को छुआ तो मैं अपने प्रयास को सार्थक मानूँगी।

इसी उम्मीद के साथ...

—डॉ. आभा गुप्ता ठाकुर

अनुक्रम

गाज़ा से पत्र 11
—घासान कानाफ़ानी

एक नितान्त व्यक्तिगत अनुभव 17
—चिमामान्दा न्गोजी अदिची

चाय की प्याली में तूफ़ान 29
—लू शुन

दीर्घ निर्वासन 39
—लियो तॉलस्ताय

मुजरिम 46
—एन्टन-चेखव

चीज़ें 52
—जियोवानी वेर्गा

दहेज 58
—गी दी मोपासाँ

तोशिशुन 65
—र्‍यूनोसोके अकूतमावा

ताकासे-बुने 75
—ओगाई मोरी

किनोसाकी के किनारे 86
—नाओया शिगा

उम्मीद की किरणें 92
—आर. वीरासुरिया

गाज़ा से पत्र

•

घासान कानाफ़ानी

प्रिय मुस्तफ़ा,

मुझे अब जाकर तुम्हारा पत्र प्राप्त हुआ है जिसमें तुमने अपने साथ स्क्रेमेण्टो में मेरे रहने के तमाम ज़रूरी इन्तज़ामात के पूरे होने की सूचना दी है। मुझे यह समाचार भी मिला है कि मैं कैलिफोर्निया विश्वविद्यालय के सिविल अभियान्त्रिकी विभाग में चुन लिया गया हूँ। मेरे दोस्त, तमाम बातों के लिए तुम्हारा शुक्रिया! (लेकिन मैं तुम्हें सम्भवत: अचम्भित करूँ या यूँ कहूँ कि तुम्हें अजीब कैफ़ियत में डालूँ जब नि:शंक होकर मैं तुम्हें यह समाचार दूँ।) मैं किसी क़िस्म की झिझक या आशंका महसूस नहीं कर रहा हूँ। वास्तव में, मैं इस बात को लेकर काफ़ी सकारात्मक हूँ कि मेरे सामने चीज़ें अब जितनी स्पष्ट हैं, उतनी पहले कभी न थीं। नहीं मेरे दोस्त, मैंने अपना इरादा बदल दिया है। तुम्हारे द्वारा देखी और पत्रों में अंकित उस धरती पर तुम्हारा साथ नहीं दे पाँऊगा जहाँ हरियाली है, पानी है और लुभावने चेहरे हैं। नहीं, मैं यहीं रहूँगा और इस भूमि को कभी नहीं छोड़ूँगा।

मुस्तफ़ा, मैं सचमुच यह सोचकर उदास हूँ कि हमारा जीवन अब समान ढंग से व्यतीत न हो पायेगा। मैं साथ ली गयी सौगन्ध को सुन पा रहा हूँ, और उत्साह में अपने चीत्कार का ढब भी कि हम अमीर होंगे। लेकिन मेरे दोस्त, मैं कुछ नहीं कर सकता। मुझे आज भी वह दिन याद है जब तुम्हारा हाथ थामे और ग़ुर्राती मोटर की ओर घूरते हुए मैं कैरो हवाई–अड्डे पर खड़ा था। और, फ़िलहाल मेरी नज़रों के सामने कानफाड़ू मोटर और अपने शान्त गोल चेहरे के साथ तुम्हारा खड़ा होना घूम रहा है।

किंचित सूक्ष्म झुर्रियों को छोड़ तुम्हारा चेहरा बिलकुल नहीं बदला है। वह आज भी वैसा ही है, जैसे गाज़ा के सयाजी क्वार्टर में पलते-बढ़ते वक़्त हुआ करता था। हम साथ बड़े हुए, एक-दूसरे को अच्छी तरह से समझते रहे और हमने अन्त तक एक-दूसरे के साथ आगे बढ़ने का वादा भी किया। लेकिन...

"15 मिनट पहले जहाज़ ने उड़ान भरी। इस तरह से शून्य में मत देखो। सुनो, तुम अगले साल कुवैत जाओगे और तब तुम इतने पैसे इकट्ठे कर लोगे कि स्वयं को गाज़ा की ज़मीन से उखाड़कर कैलिफोर्निया में बो सको। हमने साथ शुरू किया था और हमें इसका निर्वाह भी करना होगा।"

उस वक़्त मैं तुम्हारे तेज़ी से घूमते होठों को देख रहा था। हमेशा बिना किसी अल्प या पूर्णविराम के बोलना तुम्हारी बातचीत की शैली रही है। लेकिन कहीं अस्पष्ट रूप से मुझे यह महसूस हुआ था कि तुम अपनी उस उड़ान से मुकम्मल ढंग से ख़ुश थे और इस ख़ुशी के पीछे के कारण भी तुम नहीं दे पा रहे थे। मैं भी इसी तरद्दुद से गुज़रा हूँ लेकिन तभी एक साफ़ विचार मन में उभरा था कि हम सभी इस गाज़ा को ख़ाली कर साथ क्यों नहीं उड़ जाते? हम साथ क्यों नहीं यह कर सकते? ख़ैर, तुम्हारी स्थिति में गुणात्मक सुधार आना शुरू हो गया है। कुवैत के शिक्षा मन्त्रालय ने तुम्हें एक संविदा दी है जो मुझे नहीं दी गयी थी। ग़रीबी की इस नाँद में जहाँ मैं जीता हूँ, वहाँ तुमने मेरी मदद के लिए थोड़े पैसे भेजे। मैं जानता हूँ कि तुम्हें भय है कि कहीं मैं अपमानित न महसूस करूँ, इसीलिए तुम मुझे इन्हें उधार मानने के लिए कहोगे। तुम भीतर-बाहर से मेरी पारिवारिक-स्थितियों से वाक़िफ़ हो। तुम जानते हो कि 'उनरवा' विद्यालय की मेरी अल्प आय मेरी माँ, मेरे भाई की विधवा पत्नी और उसके चार बच्चों के भरण-पोषण के लिहाज़ से नाकाफ़ी है।

ध्यान से सुनो; मुझे रोज़ लिखना, हर घण्टे और हर पल। हवाई जहाज़ ने अभी-अभी उड़ान भरी है। पुनः मिलने तक विदा।

तुम्हारे ठण्डे होंठों ने मुझे चूमा। तुमने अपना चेहरा मुझसे फेरकर हवाई जहाज़ की ओर मोड़ लिया और वापस फिर जब तुमने मेरी तरफ़ देखा तो तुम्हारे नेत्र अश्रुपूरित थे। बाद में शिक्षा मन्त्रालय ने मुझे भी एक संविदा प्रदान की। मुझे तुम्हें यह दोहराने की आवश्यकता नहीं है कि मेरा जीवन वहाँ कैसा था? मैंने इस बाबत हमेशा ही तुम्हें सब कुछ लिखा है। मेरा जीवन यहाँ इतना लिज़लिज़ा और खोखला रहा है, जैसे मैं कोई छोटा सीप हूँ। जो निशारम्भ के अन्धकार के मानिन्द भविष्य से धीरे-धीरे संघर्ष करते, नीरस जीवनचर्या की गिरफ़्त में समय के साथ

हारते युद्ध में बद्ध, दमनकारी अकेलेपन में कहीं खो गया है। समूचा वातावरण गरम और चिपचिपा था। तुम जानते हो मेरे पूरे जीवन में अस्थिरता रही है, महीने के शेष होने की उत्कंठा। उस साल के मध्य में यहूदियों ने सभा के मध्यवर्ती ज़िले पर बमवर्षा की और गाज़ा पर हमला बोल दिया, हमारे गाज़ा पर बम और अग्निवर्षकों से आक्रमण किया गया। उस घटना से मेरे जीवन में ज़रूर कुछ बदलाव आता लेकिन मुझे इसमें ज़्यादा कुछ संज्ञान में लेने लायक़ नहीं लगा। मैं तो इस गाज़ा को पीछे छोड़ कैलिफोर्निया चला जाऊँगा, जहाँ मैं अपने लिए जिऊँगा, अपने चिर-उपेक्षित निजत्व के लिए जिऊँगा। मैं गाज़ा और यहाँ के निवासियों से घृणा करता हूँ। पूरी तरह से ध्वस्त यह शहर मुझे किसी बीमार चित्रकार के धुमैले रंग में बने असफल चित्रों का स्मरण कराता है। हाँ, मैं अपनी माँ और अपने भाई की विधवा पत्नी और उसके बच्चों की मदद के निमित्त कुछ पैसे भेज दिया करूँगा और इस हरे कैलिफोर्निया में इस अन्तिम बन्धन से भी स्वयं को मुक्त कर लूँगा, पराजय के उस धुएँ को पीछे छोड़ दूँगा जो पिछले सात साल से मेरे नथुने में अँटा पड़ा था। अपने भाई के बच्चों, उनकी माँ और अपनी माँ से जो सहानुभूति मुझे जोड़ती है, वह मेरे इस स्वार्थपूर्ण कृत्य को जायज़ ठहराने के लिए नाकाफ़ी है। लेकिन मैं जितना नीचे गिर चुका हूँ, उससे नीचे अब नहीं गिरूँगा। मुझे जाना चाहिए।

मुस्तफ़ा तुम इन एहसासात से वाक़िफ़ हो क्योंकि तुमने भी इन्हें भोगा है। यह कैसा अपरिभाषेय बन्धन है जो हमारे उड़ान भरने के उत्साह को कुन्द कर देता है। हम इसके साफ़ और सही मायनों को विश्लेषित क्यों नहीं करते? हम क्यों नहीं पराजय और उससे मिले घावों को विस्मृत कर गहरी आश्वस्ति देने वाले सुनहरे भविष्य की ओर अग्रसर होते है? क्यों? इसे हम भी ठीक से नहीं जानते।

जब मैं जून की छुट्टियों में घर गया तो अपने ख़ुशनुमा प्रस्थान के लिए अपने सामान इकट्ठे किये, उन छोटी-छोटी चीज़ों की तरफ़ अपने हाथ बढ़ाये जो जीवन को नेक और उजासमयी अर्थवत्ता प्रदान करती हैं। गाज़ा वैसा ही था, जैसा मैंने उसे देखा-पहचाना था, बिलकुल एक ज़ंग लगे घोंघे की भीतरी सतह की भाँति जिसे कसाईबाड़े के पास लहरों ने चिपचिपे, रेतीले समुद्री किनारे पर फेंक दिया हो।

यह गाज़ा अपनी संकरी गलियों और बाहर की ओर उभरी बालकोनियों के कारण नींद में दुःस्वप्न से भयाक्रान्त निन्दियाये व्यक्ति के मस्तिष्क से भी ज़्यादा तंग मालूम होता है। यह गाज़ा...। लेकिन वे कौन-से अस्पष्ट कारण हैं जो व्यक्ति को अपने परिवार, अपने घर, अपनी स्मृतियों की तरफ़ ऐसे खींचते हैं, जैसे चरवाहे

मवेशियों के झुंड को खींचते हैं, मैं नहीं जानता। मैं केवल इतना जानता हूँ कि उस सुबह मैं माँ से मिलने अपने घर गया था। मैं जब वहाँ पहुँचा तो मेरे मरहूम भाई की पत्नी मुझे वहाँ मिली और उसने करुणा से विगलित स्वर में मुझसे पूछा कि क्या मैं उसकी घायल बेटी नादिया की इच्छा के मद्देनज़र शाम को उससे मिलने गाज़ा अस्पताल जाऊँगा।

तुम नादिया को जानते हो? मेरे भाई की तेरह वर्षीया ख़ूबसूरत बेटी को? उस शाम मैंने दो किलो सेब ख़रीदे और नादिया से मिलने अस्पताल पहुँच गया। मैं जानता था कि ऐसा कुछ अवश्य है जो मेरी माँ और मेरी भाभी मुझसे छिपा रही हैं। कुछ ऐसा जो उनकी ज़ुबान से निकल नहीं रहा, कुछ अजीब-सा जो मैं समझ नहीं पा रहा हूँ। मैं नादिया को स्वभावतः प्रेम करता हूँ। मेरी प्रकृति मुझे इस पीढ़ी से भी प्रेम करने के लिए बाध्य करती है जो पराजय और विस्थापन में ऐसे पलते-बढ़ते हैं कि सामाजिक व्यतिक्रम को भी वे ख़ुशहाल जीवन का पर्याय समझने लगते हैं।

उस वक़्त क्या हुआ? मुझे नहीं मालूम मैंने उस जर्द कमरे में प्रवेश किया। बीमार बच्चों में साधुता व्याप्त थी, ख़ासकर उनमें यह तत्त्व अधिक था जो क्रूर और दर्दनाक घावों के कारण बीमार थे। नादिया पीठ के पीछे तकिया लगाकर अपने बिस्तर पर लेटी हुई थी और तकिये पर उसके बाल मोटी खाल की तरह फैले हुए थे। उसकी आँखों में गहन शान्ति व्याप्त थी और उसकी आँखों के किनारे कोर पर आँसू की एक बूँद लगातार चमक रही थी। उसका चेहरा शान्त और स्थिर था लेकिन दमन से पीड़ित मसीहा मोहम्मद की भाँति वाकपटु भी। नादिया अभी बच्ची ही थी लेकिन अपनी आयु से अधिक लग रही थी, बहुत ज़्यादा और अपनी उम्र के बच्चों से कुछ बड़ी भी, बहुत बड़ी। 'नादिया!'

मुझे नहीं याद है कि मैंने पुकारा या मेरे पीछे खड़े किसी और शख़्स ने। लेकिन उसने मेरी तरफ़ अपनी आँखें उठाईं और मुझे ऐसे पिघला दिया, जैसे गर्म चाय के कप में चीनी के अंश पिघलते हैं।

एक क्षीण मुस्कुराहट के साथ मैंने उसकी आवाज़ सुनी "चाचा, क्या आप कुवैत से आये हैं?" उसकी आवाज़ गले में ही दबकर रह गयी। वह अपने हाथों की मदद से उठी और अपनी गरदन को मेरी ओर तानकर मुझसे मुख़ातिब हुई। मैंने उसकी पीठ थपथपायी और उसके नज़दीक जाकर बैठ गया।

"नादिया! मैं कुवैत से तुम्हारे लिए तोहफे लाया हूँ, ढेर सारे तोहफे। मैं तुम्हारे बिस्तर से उठने और पूरी तरह भली-चंगी हो जाने की प्रतीक्षा करूँगा और

फिर जब तुम मेरे घर आओगी, तब मैं तुम्हें दूँगा। मैं तुम्हारे लिए लाल पायजामा लाया हूँ। जिसके बारे में तुमने कई बार लिखकर पूछा था। हाँ, मैं वे ले आया हूँ।''

यह तनाव की परिस्थिति से उपजा झूठ था, लेकिन मैंने बोला और मुझे महसूस हुआ कि मैं पहली बार सच बोल रहा हूँ। नादिया इस तरह काँपी, जैसे उसे बिजली का झटका लगा हो और एक ख़ौफ़नाक चुप्पी ओढ़कर उसने अपना सिर झुका लिया। मैंने अपनी हथेलियों को उसके आँसुओं से भीगता महसूस किया।

''कुछ कहो, नादिया! क्या तुम्हें वो लाल पायजामा नहीं चाहिए?'' उसने अपनी नज़रें उठायीं और लगा जैसे कुछ कहना चाहती हो लेकिन फिर दाँतों को किटकिटाकर वह चुप हो गयी और फिर कहीं बहुत दूर से आती मुझे उसकी आवाज़ सुनाई पड़ी...

चाचा...

उसने अपना हाथ खींचा और सफ़ेद ओढ़नी को हटाकर उँगलियों से अपने पैर की ओर संकेत किया जो जाँघ के ऊपर से कटा था।

मेरे दोस्त! मैं नादिया के जंघा के ऊपर से कटे पैर को कभी विस्मृत नहीं कर सकता। नहीं! और न ही उस तकलीफ़ को जिसमें अब उसका चेहरा ढल गया और हमेशा के लिए जैसे यह विशिष्टता उसमें समा गयी थी। मैं उस अस्पताल से बाहर आ गया। मेरी मुट्ठी में बन्द दो पाउंड मेरा मौन उपहास उड़ा रहे थे, जो मैं नादिया को देने लाया था। दहकते सूर्य ने गलियों को ख़ूनी रंग से सराबोर कर दिया और मुस्तफ़ा, गाज़ा बिलकुल नया लग रहा था। मैंने और तुमने इसे कभी ऐसे नहीं देखा था। शाजिया क्वार्टर जहाँ हम रहा करते थे, उसके आरम्भ में इकट्ठे किये गये पत्थर बहुत अर्थगर्भित हैं और अब ऐसा मालूम होता है कि वे अर्थगर्भित किसी और वजह से नहीं बल्कि कैफ़ियत तलब करने के लिहाज़ से वहाँ रखे गये हैं। जिस गाज़ा में हम रहे और हार के साल जिन नेक लोगों के साथ हमने बिताये, वह नया लग रहा था। मुझे यह नयी शुरुआत मालूम हो रही थी। न मालूम क्यों मुझे यह नयी शुरुआत लग रही थी। मैं परिकल्पना कर रहा था कि घर जाने के लिए जिन मुख्य गलियों में मैं चला था, वे 'सफलता' की ओर जाने वाले लम्बे और बेहद लम्बे मार्गों का आरम्भ है। यह गाज़ा उदासी के बाद भी स्फूर्त था जिसने स्वयं को केवल विलाप करने तक सीमित नहीं रखा था। यह एक चुनौती थी : या उससे भी ज़्यादा कुछ था, जैसे कटे हुए पैरों का ठीक होना। आँखों को चौंधिया देने वाली धूप से भरी गाज़ा की गलियों में मैं निकल गया। उन्होंने मुझसे

कहा कि बमवर्षा और उसकी लहक ने जब उनके घर को अपनी गिरफ़्त में ले लिया था, तब नादिया ने अपने छोटे भाई-बहनों पर स्वयं को झोंककर उनकी प्राणरक्षा की थी। नादिया अपनी रक्षा कर सकती थी, वह भाग सकती थी, वह अपने पैर बचा सकती थी लेकिन उसने नहीं किया। क्यों? नहीं मेरे दोस्त! मैं स्क्रेमेण्टो नहीं आऊँगा और न ही मुझे इसका कोई पछतावा है। नहीं। हमने जो बचपन में साथ शुरू किया था, उसे मैं और नहीं ख़त्म होने दूँगा। वह धुँधला एहसास जो गाज़ा छोड़ते समय तुमने अनुभव किया था, वह लघु अनुभूति तुम्हारे भीतर बृहद्काय रूप में उपजनी चाहिए। यह प्रसरित होना चाहिए। अपने स्वत्व के सन्धान के लिए तुम्हें इसकी आवश्यकता है, यहाँ इस बदसूरत हार के मलबे के बीच।

मैं तुम्हारे पास नहीं आऊँगा लेकिन तुम वापस आ जाओ जंघे के ऊपर से कटी टाँगों से सीखने के लिए कि जीवन क्या है? और इसे जीने का कौन-सा ढंग श्रेयस्कर है? वापस आ जाओ मेरे मित्र! हम सभी तुम्हारी प्रतीक्षा कर रहे हैं।

अनुवाद : डॉ. मीना कुमारी

एक नितान्त व्यक्तिगत अनुभव

•

चिमामान्दा न्गोजी अदिची

चीका खिड़कियों के रास्ते दुकान में प्रवेश कर गयी और दूसरी औरत के प्रवेश करने तक किवाड़ को थामे रही। दुकान की हालत से साफ़ ज़ाहिर हो रहा था कि यह दंगा शुरू होने से कई दिन पहले ही वीरान हो गयी थी। लकड़ियों के क़तारबद्ध तख़्ते पीली धूल से अँटे पड़े थे और कोने में पड़े धातु के पात्र औंधे मुँह पड़े हुए थे। दुकान छोटी थी, उसके घर की कोठरी में चलने के लिए छूटी जगह से भी छोटी। चीका के हाथ काँप रहे थे। ऊँची एड़ी की सैंडिल पहनकर बाज़ार की गलियों में बदहवासी से दौड़ने के कारण उसके पैरों की पिण्डलियाँ जल रही थीं। वह उस स्त्री को धन्यवाद ज्ञापित करना चाह रही थी जिसने उसे 'उस रास्ते मत बढ़ो' कहकर इस ख़ाली दुकान के सामने रोक लिया, जहाँ वे छिप सकती थीं। लेकिन इससे पहले वह कुछ कह पाती, अपने ख़ाली गले को छूते हुए उस स्त्री ने कहा– "दौड़ते समय मैंने अपना हार खो दिया।"

चीका ने कहा– "मैंने भी अपना सब कुछ वहीं गिरा दिया। मैं सन्तरे ख़रीद रही थी और सारे सन्तरे गिरा दिये, साथ में अपना हैंडबैग भी।" लेकिन उसने यह ज़िक्र नहीं किया कि वह हैंडबैग बरबेरी का था जिसे उसकी माँ ने हालिया लन्दन-यात्रा के दौरान ख़रीदा था।

महिला ने ठण्डी साँसें भरीं और चीका को लगा कि सम्भवतः वह एक धागे में गुँथे अपने छोटे-छोटे प्लास्टिक की मनकों वाले हार के बारे में सोच रही है।

उस स्त्री के क्षिप्र हौजा उच्चारण के बिना भी उसके तीखे कटाव एवं गालों के विचित्र उठाव को देखकर वह साफ़ बता सकती थी कि वह स्त्री उत्तरदेशीय है

और गले में बँधे स्कार्फ़ को देखकर यह भी कि वह मुस्लिम है। वह स्कार्फ़ अभी भी उसके गले में लिपटा हुआ था जो उसके कानों को ढकने के साथ उसके चेहरे पर छायी शिथिलता को भी लपेटे हुए था। सस्ती चीज़ों से सज्जित एक लम्बा, गँदला गुलाबी और काला स्कार्फ़। चीका यह सोचकर आश्चर्यचकित थी कि क्या वह महिला भी उसे इतने ही ग़ौर से परख रही है? उसके गोरे रंग और माँ द्वारा ज़बरदस्ती पहनाई गयी चाँदी की सुमिरनी से क्या वह महिला बता सकती है कि चीका इग्बो और ईसाई है? दोनों एक-दूसरे से जिस तरह बातचीत कर रही हैं, उससे उसे बाद में पता चला कि मुस्लिम छुरे और पत्थरों से इग्बो ईसाइयों का सरेआम क़त्ल कर रहे है। लेकिन उसने कहा- "मुझे बुलाने के लिए शुक्रिया! सब कुछ इतनी तीव्रता से घटित हुआ और सभी इतनी तेज़ी से भाग रहे थे कि मैं अचानक अकेली पड़ गयी और समझ नहीं पायी कि मैं क्या कर रही थी। धन्यवाद!"

"यह स्थान सुरक्षित है"- उस महिला ने अपनी फुसफुसाती-सी कोमल आवाज़ में कहा- "वे छोटी-छोटी दुकानों में नहीं जाते। केवल बड़ी-बड़ी दुकानें और बाज़ार।"

"हाँ- लेकिन इस बात से सहमति अथवा असहमति का उसके पास कोई कारण नहीं था। वह दंगों के विषय में कुछ भी नहीं जानती थी। उसका इस सबसे क़रीबी और हालिया सामना कुछ हफ़्ते पहले विश्वविद्यालय की प्रजातन्त्र-समर्थक रैली में हुआ था, जहाँ उसने एक चमकदार हरी टहनी लेकर नारे लगाये थे- सेना को जाना होगा, अबाका को जाना होगा। प्रजातन्त्र चाहिए। अगर उसकी बहन नेन्दी उस आयोजन के प्रबन्धक-सदस्यों में से एक न होती तो उस रैली में भी उसकी सहभागिता न होती जिसमें उसने एक छात्रावास से दूसरे छात्रावास तक परचे बाँटे और 'अपनी बात सुने जाने' के महत्त्व के बारे में छात्रों से बात की।

चीका के हाथ अब भी काँप रहे थे। अभी आधे घण्टे पहले वह नेन्दी के साथ बाज़ार में थी। वह सन्तरे ख़रीद रही थी और नेन्दी मूँगफली ख़रीदने के लिए बाज़ार में थोड़ा आगे निकल गयी। तभी पिजिन में, हौसा में इग्बो में चीख़-पुकार मचने लगी। दंगा, ओह! मुसीबत आ गयी। उन्होंने एक व्यक्ति को मार डाला। तभी उसके आसपास के लोग भरे ठेले को उलटते हुए, एक-दूसरे को धक्का देते बेतहाशा दौड़ने लगे। चीका ख़तरे को भाँप कुछ देर पहले ज़बरदस्त मोलभाव के बाद ख़रीदी गयी सब्ज़ियों को रौंदा हुआ पीछे छोड़, चौड़ी सड़क के पार इस संकरी गली में दौड़ गयी थी जो उस स्त्री को देखने से पहले उसे ख़तरनाक लग रही थी।

वह दूसरी महिला के साथ कुछ क्षणों के लिए हवा में झूलते उस खिड़की के पल्ले की ध्वनि पर ग़ौर करते हुए निःशब्द खड़ी रहीं जिस पर चढ़कर वे अभी भीतर प्रविष्ट हुई थीं। सड़क पहले शान्त लग रही थी, किन्तु तभी उन्होंने दौड़ते हुए पैरों की चाप सुनी। वे अब भी एक पुरुष और एक स्त्री को तेज़ी से जाते हुए देख रहीं थीं जिसने अपने घुटने के ऊपर घाघरा बाँध रखा था और पीठ पर बच्चा। यह देखकर भी वे सोद्देश्य खिड़की से दूर खड़ी हो गयीं। वह इग्बो बोल रहा था। चीका उतना ही सुन अपने चाचा के घर भाग गयी होगी। ''खिड़की बन्द कर दो।'' महिला ने कहा।

चीका ने खिड़की बन्द कर दी लेकिन गली में उड़ती धूल के भीतर प्रवेश के बिना भी कमरे की गर्द इतनी सघन हो गयी कि वह उसे अपने ऊपर लहराते हुए देख पा रही थी। यह दमघोंटू कमरा, बाहर सड़क से अलग महकता रहा था। सड़क की गमक आसमानी धुएँ की तरह है, जो क्रिसमस के दिनों में महकती है, जब लोग बाघ-बकरी की खाल आग में झोंकते हैं ताकि चमड़ी के रोयें जल जायें। इन गलियों में वह अन्धाधुन्ध दौड़ी थी, पता नहीं नेन्दी किस दिशा में दौड़ी होगी? पता नहीं कि उसके बग़ल में भागने वाले व्यक्ति दोस्त हैं या दुश्मन? पता नहीं कि उसे इस रेलम-पेल में अपनी माँ से बिछुड़े-बेसुध बच्चों को साथ ले जाने के लिए रुकना चाहिए था या नहीं? वह यह भी नहीं जानती कि कौन कैसा है और कौन किसका क़त्ल कर रहा है।

वह सोचने लगी कि कैसे वह बाद में इस हादसे में जली गाड़ियों के अवशेषों और खिड़कियों एवं रोशनदानों के स्थान पर खुरदरे सुराखों को देखेगी; और वह शहरी इलाक़े में सुलगती हुई गाड़ियों को शहर के पिकनिक-अलाव के रूप में परिकल्पित करेगी जो इन तमाम बातों की मूक गवाह है। वह जान जायेगी कि इन सबकी शुरुआत मोटर-पार्क से हुई जब एक इग्बो ईसाई व्यक्ति ने सड़क किनारे पड़े पवित्र क़ुरआन की एक प्रति पर गाड़ी चला दी। क़रीब ही बैठे एक मुसलमान ने, जो दिन भर जुआ खेला करता था, एक ही झटके में चाक़ू से उसका सिर धड़ से अलग कर दिया और कटे सिर को लेकर बाज़ार में उतर आया तथा दूसरों को भी इस उन्माद में शामिल होने के लिए उकसाने लगा। काफ़िर ने पवित्र क़ुरआन को अपवित्र कर दिया। चीका उस व्यक्ति की कल्पना करेगी कि कैसे उसकी त्वचा भस्मवर्णी होकर मृत हो जायेगी। उसके पेट में पीड़ा हो रही थी और वह खिड़की का शीशा उठाकर तब तक उल्टी करना चाह रही थी, जब तक दर्द है। लेकिन फ़िलहाल वह स्त्री से पूछती है, क्या तुम्हें धुएँ की गन्ध आ रही है। हाँ- उस स्त्री

ने कहा और अपना धूल-धूसरित हरा दुपट्टा ज़मीन पर बिछा लिया। अब वह केवल ब्लाउज पहने हुए थी जिसकी उघड़ी सीवन से काली ब्रा झाँक रही थी। उसने कहा- "आओ बैठो।" चीका ज़मीन पर बिछे जीर्ण चादर की ओर देखती है। यह सम्भवत: उस महिला के पास मौजूद दो में से एक चादर थी। वह अपनी डेनिम स्कर्ट और स्वतन्त्रता देवी की मूर्ति की चित्रित लाल टी-शर्ट की ओर देखती है जिन्हें उसने और नेन्दी ने अपने सम्बन्धियों के यहाँ न्यूयॉर्क में कुछ हफ़्ते बिताने के दौरान ख़रीदा था।

"नहीं तुम्हारी चादर गन्दी हो जायेगी।" उसने कहा।

"बैठो, उस महिला ने कहा।" हमें यहाँ लम्बी प्रतीक्षा करनी होगी।

"तुम्हें पता है कितनी लम्बी?"

"आज की रात या कल सुबह तक।"

चीका ने अपने हाथ को माथे से कुछ यूँ लगाया जैसे अपना मलेरिया-बुख़ार जाँच रही हो। सामान्यत: अपनी हथेली में रहने वाला ठण्डापन उसे सुकून देता है। लेकिन इस बार उस ठण्डेपन में पसीने की आर्द्रता भी थी। मैंने अपनी बहन को मूँगफली ख़रीदने के लिए छोड़ दिया। मुझे नहीं पता कि अब वह कहाँ है।

वह सुरक्षित स्थान पर चली गयी होगी।

"नेन्दी"

"हाँ?"

"मेरी बहन। उसका नाम नेन्दी है।"

"नेन्दी"- अपने उच्चारण में इग्बो नाम पर सायास कोमलता का आवरण चढ़ाकर उस महिला ने दोहराया।

चीका सोचने लगी कि कैसे वह बाद में नेन्दी की तलाश में अस्पताल के शवगृहों को छानती फिरेगी और कैसे वह अपनी और नेन्दी की तस्वीर झपटकर अख़बारों के कार्यालयों में जायेगी जिसे उसने एक महीने पहले ही किसी शादी में खिंचवाया था; वह तस्वीर जिसमें दोनों बहनों ने एक जैसा बिना कन्धे वाला अंकारा गाउन पहना था और तस्वीर खिंचवाने के ऐन वक़्त पहले नेन्दी के चिकोटी काटने के कारण बेवकूफ़ी भरी हँसी उसके चेहरे पर अटक गयी थी। वह नेन्दी की तस्वीर की प्रतियाँ बाज़ार की दीवारों और नज़दीकी दुकानों पर चिपकायेगी। वह नेन्दी को ढूँढ़ नहीं पायेगी। लेकिन अभी उसने उस महिला से कहा- "पिछले हफ़्ते ही मैं और नेन्दी अपनी चाची से मिलने यहाँ आये थे। हमारे विद्यालय की छुट्टियाँ चल रही हैं।"

"तुम लोग किस विद्यालय में जाती हो?" महिला ने पूछा।

"हम लोग लागोस विश्वविद्यालय में अध्ययनरत हैं। मैं डॉक्टरी की पढ़ाई कर रही हूँ और नेन्दी राजनीतिशास्त्र पढ़ रही है।" चीका थोड़े संशय में थी कि क्या यह महिला विश्वविद्यालय में पढ़ने का अर्थ भी समझती है? और वह इस बात पर भी अचम्भित है कि कैसे उसने उस महिला को उसके समझ में आने वाली जानकारी को ध्यान में रखने के मक़सद से विद्यालय शब्द का उपयोग किया; और यह कि नेन्दी दंगे में नहीं खोयी है, वह कहीं सुरक्षित है, सम्भवतः मुँह दबाकर कहीं हँस रही है या शायद जनरल अबाचा कैसे अपनी विदेशी नीतियों को दूसरे अफ्रीकी देशों की दृष्टि में न्यायसंगत दर्शा रहा है और कैसे भूरे बालों की लोकप्रियता ब्रिटिश उपनिवेशवाद का सद्यः परिणाम है जैसी राजनीतिक परिचर्चाओं में मसरूफ़ है। हम लोगों ने केवल एक हफ़्ता ही अपनी चाची के साथ बिताया है, हम लोग पहले कभी कानो नहीं आये हैं। उसे भान होता है कि अन्तस्थल में जो वह महसूस कर रही है, वह यही कि उस पर और उसकी बहन पर दंगों का असर नहीं पड़ना चाहिए। ऐसे दंगों की ख़बरें तो वह अख़बार में पढ़ती है। ऐसे दंगों के शिकार तो दूसरे लोग होते हैं।

"क्या तुम्हारी चाची बाज़ार में है?" उस महिला ने पूछा

"नहीं, वह अपने कार्यस्थल पर है। वह सचिवालय में निदेशक है।" चीका पुनः अपने हाथ उठाकर माथे तक ले गयी। वह अपनी त्योरियाँ चढ़ाकर अपनी आदत के विपरीत उस महिला के बहुत नज़दीक बैठ गयी जिससे उसका पूरा शरीर उस चादर पर पसर गया। उसे उस महिला के शरीर से तेज़ गन्ध आयी, एक साबुन के मानिन्द तेज़ गन्ध जिसे उसके घर की नौकरानी चादरें धोने के लिए इस्तेमाल करती है।

"तुम्हारी चाची सुरक्षित स्थान पर काम करती है।"

"हाँ।" चीका ने कहा। उसे संवाद बहुत कुछ अतार्किक लग रहा था। उसे ऐसा लग रहा था कि वह आत्मावलोकन कर रही है। मुझे अभी भी विश्वास नहीं हो रहा है कि दंगा हो रहा है।

वह महिला सामने देख रही थी। उसकी सामने फैली टाँगें, मेहँदी-रंजित उँगलियों के नाख़ून उसके पैर- सभी लम्बवत् और छरहरे थे। उसने अन्ततः कहा- "यह शैतान का काम है।" चीका आश्चर्यचकित है कि वह दंगों के बारे मे केवल इतना ही सोचती है? वह उन्हें केवल शैतान ही समझती है। वह यहाँ नेन्दी के होने की कामना करती है। वह मनस्चित्र में देखती है कि नेन्दी की चमकती भूरी

आँखें क्षिप्रता से घूमते होंठ को, यह व्याख्यायित करते हुए कि दंगे बेवजह शून्य में नहीं घटित होते; और यह भी कि धर्म एवं जातीयता को अक्सर राजनीतिक रंग दे दिया जाता है क्योंकि जब तक शासित भूखे-नंगे एक-दूसरे को क़त्ल करते रहेंगे, तभी तक शासक-वर्ग भी सुरक्षित रहेगा। चीका इस चुभते अपराधबोध से भर गयी कि इन बातों को समझने की यथेष्ठ बुद्धि क्या इस स्त्री के पास है। ''क्या तुम अब विद्यालय में बीमारों को देखने जाती हो?'' महिला ने पूछा।

चीका ने अपनी निगाहें तेज़ी से फेरी ताकि महिला उसके चेहरे पर पसरे आश्चर्य-भाव को लक्षित न कर सके। ''मेरी चिकित्सा...हाँ, हमने पिछले साल से शुरू कर दी है। हम अपने शिक्षण-संस्थान के अस्पताल में मरीज़ों को देखते हैं।'' अपनी बात में उसने यह नहीं जोड़ा कि वह अक्सर ही इस सन्दर्भ में कितनी अनिश्चितताओं से घिरी रहती है। और कैसे छह-सात विद्यार्थियों के सभूह की पीठ पर अपने वरिष्ठ अधिष्ठाता की आँख से बचने के लिए लदी रहती है ताकि उससे किसी मरीज़ के परीक्षण और उस पर अपना विशिष्ट निदान देने के लिए न कहा जाये। उस महिला ने कहा- ''मैं व्यापारी हूँ और प्याज बेचती हूँ।'' चीका ने उसकी बात में व्यंग्य एवं आक्षेप की ध्वनि पकड़नी चाही लेकिन यह तत्त्व उसकी वाणी से नदारद था। उसकी आवाज़ मन्द और ठहरी हुई थी जैसे कोई स्त्री महज अपने कार्य का ब्यौरा दे रही हो। ''उम्मीद करती हूँ कि वे बाज़ार की दुकानें नष्ट नहीं करेंगे।'' कुछ और न कह पाने की स्थिति में चीका ने उत्तर दिया।

''हर बार के दंगे में वे बाज़ार में तोड़-फोड़ करते हैं।'' महिला ने कहा।

चीका चाहकर भी पूछ नहीं पायी कि वह कितने दंगों की साक्षी बनी है। उसने दंगों के बारे में केवल पढ़ा है कि हौजा कट्टरपन्थी मुस्लिम इग्बो ईसाइयों पर हमले करते हैं और कभी-कभार प्रतिशोध में इग्बो ईसाई भी हिंसक कारनामों को अंजाम दे देते हैं। लेकिन वह किसी नाम को अपनी बातचीत का हिस्सा नहीं बनाना चाहती थी।

''मेरा स्तनाग्र जल रहा है।'' उस स्त्री ने कहा।

''क्या?''

''मेरा स्तनाग्र मिर्च की तरह जल रहा है।''

इससे पहले कि चीका इस आश्चर्य को अपने में समेटकर कुछ कह पाती, उसने चोली खोलकर अन्दर पहनी हुई ब्रा का बकलस खोल दिया। उसने अपने स्तन को पूरा अनावृत करने से पहले वहाँ मोड़कर रखे दस-बीस के नाइरा नोट निकाल लिए।

''जल रहा है। मिर्च की तरह जल रहा है।'' उस स्त्री ने कहा, वह स्तनों को अपने हाथों से ढाँपते हुए चीका की तरफ़ यूँ मुख़ातिब हुई, जैसे वह इन्हें उसे उपहार-स्वरूप भेंट कर रही हो। चीका खिसक गयी। उसे एक हफ़्ते पहले का बाल-चिकित्सा आवर्तन याद आ गया जब वरिष्ठ अधिष्ठाता डॉ. ओलुनोलोयो अपने सभी विद्यार्थियों को एक छोटे-से बच्चे की चौथी अवस्था के हृदय-स्पन्दन का अनुभव कराना चाह रहे थे जो उन सभी को उत्सुक नयनों से निहार रहा था। चिकित्सक महोदय ने उसे ही पहले जाने को कहा और वह पसीने से तर-बतर हो गयी थी, उसका मस्तिष्क सुन्न पड़ गया और हृदय बैठ गया था। अन्ततः उसने काँपते हाथों से उस लड़के के बायें कुचाग्र पर हाथ रखा और विपरीत दिशा में बह रहे ख़ून की सरसराहट भरी कम्पन को महसूस कर उसने हकलाते हुए बच्चे से कहा- ''मुझे माफ़ कर दो।'' जबकि बच्चा उसे देख मन्द-मन्द मुस्कुरा रहा था।

उस महिला के स्तनाग्र उस बच्चे की तरह बिलकुल भी नहीं थे। कुचाग्रमंडल हल्के रंग का था और कुचाग्र फटा, कसा और हल्के भूरे रंग का। चीका ने स्तनों की ओर ध्यान से देखा और उन्हें छूते हुए पूछा- ''क्या तुम्हारा कोई बच्चा है?''

''हाँ, एक साल का।''

''तुम्हारे स्तनाग्र सूखे हुए हैं। वे संयमित नहीं लग रहे हैं। बच्चे को पिलाने के बाद तुम्हें लोशन लगाना चाहिए एवं स्तनाग्र और स्तनमंडल दोनों बच्चे के मुँह में सही तरीक़े से बिठाना चाहिए।''

चीका पर गहरी दृष्टि डालते हुए उस महिला ने कहा- ''सबसे पहली बात, मेरे पाँच बच्चे है।''

चीका ने कहा- ''मेरी माँ के साथ भी ऐसा ही हुआ था। जब छठा बच्चा हुआ, तब उसके भी स्तनाग्र फट गये थे और उसे इसका कारण तब तक पता नहीं चला, जब तक कि उसकी एक दोस्त ने उसे इन्हें नम करने के लिए नहीं कहा था।'' वह बामुश्किल झूठ बोलती थी लेकिन जब बोलती थी तो उसके पीछे कोई ठोस वजह होती थी। उसे अपने झूठ के पीछे निहित उद्देश्य को पूरा करने के लिए उस महिला से मिलती-जुलती कहानी गढ़नी पड़ी। वह और नेन्दी ही केवल सहोदरा थीं। ''तुम्हारी माँ स्तनाग्र पर क्या लगाती थीं?'' उस महिला ने पूछा। ''कोका-मक्खन। यह दरारों को शीघ्र ठीक करता है।''

''हूँ''... वह महिला चीका को क्षणभर निहारती रही, जैसे इस उद्घाटन ने उन्हें एक बन्धन में बाँध दिया हो। ''ठीक है मैं भी इसका प्रयोग करूँगी।'' वह अपने स्कार्फ़ के साथ खेलती हुई बोली- ''मैं अपनी बेटी को ढूँढ़ रही हूँ। आज

सुबह हम साथ बाज़ार आये थे। वह बस अड्डे पर मूँगफलियाँ बेचती है और उसे वहाँ अच्छे ग्राहक भी मिल जाते है। इतने में दंगा शुरू हो गया और अब मैं उसे पूरे बाज़ार में खोजती फिर रही हूँ।'' यह जानते हुए भी कि वह बचकाना सवाल पूछ रही है चीका ने पूछा– ''और बच्चा?'' उस महिला ने अपना सिर घुमाया। उसकी आँखों में अधैर्य, यहाँ तक क्रोध की लालिमा तैर गयी– ''क्या तुम्हारे कान ख़राब हैं? तुम सुन नहीं रही हो मैं क्या कह रही हूँ?''

''माफ़ करना।'' चीका ने कहा।

''बच्चा घर पर है। यह मेरी पहली बेटी है, हलीमा।'' और वह महिला रोने लगी। वह कन्धे को उचकाकर मन्द-मन्द निःशब्द रोने लगी। उसका रुदन उन औरतों के दारुण विलाप से भिन्न था जिनसे चीका परिचित थी, जहाँ औरतें चिल्लाती हुई कहती हैं– ''मुझे सम्हालो सहारा दो, मैं इस कष्ट को अकेले नहीं सह सकती।'' उस औरत का रुदन नितान्त व्यक्तिगत था। ऐसा प्रतीत हो रहा था कि वह रुदन भी अनिवार्य कर्मकाण्ड को निभाने के निमित्त कर रही है जिसमें कोई शामिल नहीं है।

बाद में जब चीका अभिलाषा करेगी कि वह और नेन्दी पौराणिक शहर कानो को देखने की चाहत में अपनी चाची के पड़ोस से टैक्सी लेकर बाज़ार जाने की चाहत नहीं रखती; वह यह भी कामना करेगी कि उस महिला की बेटी हलीमा भी उस सुबह (बीमार अथवा थकी या सुस्त हो गयी हो ताकि वह मूँगफली बेचने गयी हो।)

अपनी चोली के एक किनारे से अपनी आँखों को पोंछते हुए उस महिला ने कहा– ''अल्लाह तुम्हारी बहन और हलीमा को सुरक्षित स्थान पर पनाह दे।'' और चूँकि चीका नहीं जानती थी कि मुस्लिम सहमति प्रकट करने के लिए क्या कहते हैं, आमीन तो नहीं कहते होंगे, उसने बस सहमति में सिर हिला दिया।

उस महिला ने धातु के डिब्बों के नज़दीक कोने में एक ज़ंग लगा नल खोज निकाला। उसने चीका से बात करने के क्रम में कहा कि सम्भवतः यह वही स्थल है, जहाँ व्यापारी हाथ धोते हैं। सरकार द्वारा दुकान की ग़ैर-क़ानूनी संरचना को तोड़ने के निमित्त इसे महीनों पहले खाली करवा लिया गया है। उस महिला ने नल खोला और उससे टपकते पानी को देखकर दोनों आश्चर्य से भर गयीं। पानी इतना भूरा और धातुनुमा था कि चीका उसे सूँघ पा रही थी। पानी अब भी आ रहा है।

''मैं वज़ू कर प्रार्थना करती हूँ।'' महिला ने कहा। उसकी आवाज़ अब थोड़ी मुखर थी और उसने पहली बार हँसकर अपनी सुन्दर दन्तपंक्ति का मुज़ाहिरा किया जिस पर आगे की ओर भूरे धब्बे थे। उसके गाल पर गहरे डिम्पल पड़ते थे।

इतने गहरे कि एक उंगली धँस जाये जो उसके कृश चेहरे पर विचित्र लग रहे थे। महिला ने उस नल में बेतरतीबी से अपना हाथ और चेहरा धोया और गरदन से स्कार्फ़ हटाकर उसे ज़मीन पर बिछा दिया। चीका दूसरी तरफ़ देखने लगी। वह जानती थी कि वह महिला मक्का की ओर मुख़ातिब हो अपने घुटने पर बैठी है लेकिन उसने उसकी ओर देखा नहीं। यह भी उसके आँसुओं की तरह ही एक नितान्त व्यक्तिगत अनुभव था और इसलिए वह दुकान से बाहर जाने की इच्छा करने लगी और यह भी कि वह भी प्रार्थना कर सके, ईश्वर पर विश्वास कर सके जो इस दमघोंटू हवा में भी सर्वव्याप्त है। उसे याद नहीं आया कि उसकी ईश्वर सम्बन्धी धारणा वाष्पित स्नानघर के आईने की तरह धुँधली नहीं थी और वह यह भी याद नहीं कर पायी कि उस शीशे को पोंछने के लिए कभी उसने कोशिश भी की है।

वह अपनी हाथ-सुमिरनी का स्पर्श करती है जिसे वह अपनी माँ को प्रसन्न करने के लिए कभी अपनी कनिष्ठा तो कभी मध्यमा में धारण करती थी। नेन्दी अपनी सुमिरनी नहीं पहनती है। एक बार अपनी रूखी हँसी के साथ यह कहकर कि सुमिरनी वाक़ई जादुई खुराक है लेकिन 'धन्यवाद मुझे इसकी आवश्यकता नहीं है' कहते हुए उसे पहनने से मना कर दिया था।

फिर परिवार नेन्दी की आत्मा की शान्ति के लिए नहीं उसे वापस पाने के उद्देश्य से समूहों में बारम्बार प्रार्थना करेंगे। चीका धूल भरे इस फ़र्श पर सदक़े में सिर झुकाये इस औरत का स्मरण करेगी और अपनी माँ से अब वह नहीं कहेगी कि समूह-दान पैसों की बरबादी है, चर्च के लिए केवल धन-उगाही का ज़रिया।

वह महिला प्रार्थना के बाद जब उठती है, चीका अभूतपूर्व शक्ति का अनुभव करती है। तीन घण्टे से अधिक व्यतीत हो चुके थे और वह सोचती है कि बाहर दंगा शान्त हो गया होगा, दंगाई कहीं दूर निकल गये होंगे। उसे जाना है, उसे अपने घर जाना है और सुनिश्चित करना है कि नेन्दी और उसकी चाची दोनों ठीक हैं।

"मुझे जाना होगा।" चीका ने कहा। उस औरत का चेहरा फिर संशय से घिर गया।

"बाहर ख़तरा है।'

"मुझे लगता है वे चले गये। मुझे बाहर धुएँ की गन्ध भी नहीं मिल रही है।" उस महिला ने कुछ नहीं कहा और चुपचाप अपनी ओढ़नी पर बैठ गयी। चीका ने क्षण भर उसे देखा और बेवजह निराशा से भर गयी। सम्भवत: वह उससे आशीर्वाद जैसा कुछ चाहती थी।

''तुम्हारा घर कितनी दूर है।'' उसने पूछा?

''दूर है मुझे दो बस पकड़नी होती है।''

''मैं जाकर चाची के वाहन चालक के साथ आऊँगी। और तुम्हें घर तक पहुँचा दूँगी।'

महिला यूँ ही दूर देखती रही। चीका धीरे-धीरे खिड़की की तरफ़ क़दम बढ़ाती है और उसे खोल देती है। वह चाहती है कि वह महिला उसे रोके, वापस आने के लिए कहे, जल्दबाज़ी न करने के लिए कहे किन्तु वह महिला कुछ नहीं कहती और चीका अपनी पीठ पर दो मूक आँखों को महसूस करते हुए खिड़की से बाहर आ जाती है।

गली शान्त है। सूर्यास्त हो रहा है और शाम के धुँधलके में चीका असमंजस एवं शंका भरी नज़रों से चारों ओर देख रही है। उसे सूझ नहीं रहा कि वह किस रास्ते जाये। वह प्रार्थना करती है कि भाग्य से, जादू से या कि ईश्वर की कृपा से उसे एक टैक्सी दिख जाये। वह प्रार्थना करती है कि उस टैक्सी में उसे नेन्दी बैठी दिख जाये जो उससे पूछ रही हो कि वह सारा दिन कहाँ थी और सभी उसके लिए कितने चिन्तित हैं। चीका बाज़ार जाने वाली दूसरी गली तक पहुँची भी नहीं थी कि उसे एक लाश दिखी। ऐसा लग रहा था कि लाश को अभी-अभी जलाया गया था। उसकी गन्ध भुने हुए कच्चे मांस की मानिन्द ऊबकाई भरी थी। ऐसी गन्ध जिससे पहले कभी उसका साबका नहीं पड़ा था।

कुछ देर बाद चीका और उसकी चाची वातानुकूलित मोटरगाड़ी में आगे की सीट पर बैठे एक पुलिस अधिकारी के साथ पूरे कानो शहर में खोजने जायेंगी, उसे कई लाशें दिखेंगी, किनारे पर लम्बवत् पड़ी, कई जली लाशें ऐसी पड़ी हुई मिलेंगी मानो किसी ने उन्हें सावधानीपूर्वक खींचकर वहाँ लिटाया हो। वह केवल एक नग्न, जड़ और औंधी पड़ी लाश ही देख पायेगी जिसे देखकर वह आश्चर्यचकित होगी क्योंकि उस अधजले व्यक्ति के झुलसे मांस को देखकर वह बता नहीं पायेगी कि वह व्यक्ति इग्बो है या हौजा ईसाई है अथवा मुस्लिम। वह बी.बी.सी. आकाशवाणी पर मरने वालों की संख्या और दंगे के बारे में सुनेगी और वहाँ से आवाज़ आयेगी, धार्मिकता के साथ जातीय तनाव की मंशा। वह रेडियो को दीवार पर दे मारेगी और भीषण क्रोधान्माद से भर उठेगी कि कैसे उन सभी लाशों को बड़ी समझदारी से चन्द शब्दों में समेट दिया गया। लेकिन अभी उस जली लाश की तपन ने उसे उसके निकट होने के एहसास से भर दिया। वह इतनी क़रीब और तप्त थी कि वह तेज़ी से घूमी और दुकान की तरफ़ भागी। दौड़ते समय उसे अपनी

पिण्डलियों में तेज़ दर्द मालूम हो रहा था। वह दुकान पर पहुँचकर खिड़की खटखटाती है और उस स्त्री द्वारा उसे खोले जाने तक वह खटखटाती रहती है।

चीका फ़र्श पर बैठ जाती है और मन्द रोशनी में अपने पैरों से ढलकते ख़ून की धार को क़रीब से देखती है। उसकी पुतलियाँ उसके नेत्र-गोलक में अधीरतापूर्वक फिर रही थीं। उसे वह बहता ख़ून कुछ भिन्न लग रहा था। ऐसा जैसे किसी ने उसके ऊपर टमाटर-चटनी फेंक दी हो।

"तुम्हारा पैर! ख़ून बह रहा है।" थोड़े सुस्त भाव से उस महिला ने कहा। उसने अपने स्कार्फ़ का एक छोर नल में गीला कर चीका के पैरों के कटे स्थल को साफ़ कर उसे उसकी पिण्डली पर बाँध दिया।

"धन्यवाद!" चीका ने कहा।

"तुम्हें शौचालय जाना है?"

"शौचालय? नहीं।"

"हम वहाँ रखे पात्रों को शौच के लिए प्रयोग करते हैं।" उस महिला ने कहा। वह एक पात्र ले दुकान के पीछे जाती है और शीघ्र ही चीका के नथूने धूल और धातुई पानी की सम्मिश्रित गन्ध से भर गये जिससे उसे उल्टी महसूस होने लगी। उसने अपनी आँखें बन्द कर लीं।

"माफ़ करना। मेरा पेट ख़राब है। आज ही सब कुछ घटित हो रहा है।" उसके पीछे से उस महिला ने कहा। बाद में उस महिला ने खिड़की खोली और पात्र को बाहर रखकर नल में अपना हाथ धो लिया। वह वापस आयी और चीका के बग़ल में बैठ गयी। कुछ देर बाद वह कर्कश ध्वनि में कोई गाना सुनाती है, जिसके शब्दों को वह समझ नहीं पाती है। दुकान पूरी तरह अँधेरे में डूब चुकी थी और वह महिला अपने शरीर के ऊपरी हिस्से को चादर पर और शेष को नीचे डालकर लेट गयी।

बाद में चीका 'गार्जियन' अख़बार पढ़ेगी कि उत्तर के प्रतिक्रियावादी हौजा-बोलने वाले मुस्लिमों का इतिहास ग़ैर-मुस्लिमों के विरुद्ध हिंसात्मक ही रहा है और अपने अनुताप के बीच वह याद नहीं करेगी कि कैसे उसने एक हौजा मुस्लिम महिला के स्तनाग्र की जाँच की और उस महिला की सज्जनता का अनुभव किया।

चीका बामुश्किल पूरी रात सो पायी। खिड़कियाँ मज़बूती से बन्द थीं। अन्दर की आबोहवा दमघोंटू थी और सघन कंकड़ीली धूल उसकी नाक पर रेंग रही थी। फिर उसने उस महिला के उठने और खिड़की खुलने की आवाज़ सुनी।

वह महिला बाहर जाने से पहले कुछ क्षण वहाँ ठहरती है। चीका पदचापों की आवाज़ सुन रही थी। लोगों के तेज़ क़दमों से चलने की आवाज़ उसके कानों तक

आ रही थी। उसने उस महिला को बाहर किसी परिचित को हौजा में बुलाते सुना जिसे चीका नहीं समझती थी।

वह महिला दुकान में पुनः आयी। ख़तरा टल गया है, अब्बू हैं, वह रसद बेचते हैं। वह अपनी दुकान देखने जा रहे हैं। सभी जगह आँसू-गैस के साथ पुलिस तैनात है। सैनिक आ रहे हैं। इससे पहले कि वे किसी को परेशान करने लगें, मुझे निकलना होगा।

चीका धीरे-धीरे उठती है और अँगड़ाई लेती है। उसके जोड़ों में दर्द है। उसे अपनी चाची की "गेटेड कॉलोनी" में पैदल ही जाना होगा क्योंकि गली में कोई टैक्सी नहीं है। यहाँ केवल फ़ौज की जीप है तथा चकनाचूर हुई पुलिस-वैगन। उसकी चाची हाथ में पानी का गिलास लिये एक कमरे से दूसरे कमरे में बेचैनी से टहल रही होंगी और बारम्बार यह कहती होंगी- 'क्यों मैंने तुम्हें और नेन्दी को घूमने जाने को कहा? क्यों मेरे अन्तर्मन ने मुझे धोखा दिया?' और चीका उनके कन्धे को कसकर पकड़ेगी और उन्हें सोफ़े तक ले जायेगी।

चीका अब अपने पैरों में बँधे स्कार्फ़ को खोलती है और उसे हवा में ऐसे लहराती है मानो उनमें लगे ख़ून के धब्बे हटा देना चाहती हो। वह स्कार्फ़ उस महिला को देती हुई बोलती है- "धन्यवाद!"

"अपने पैरों को अच्छी तरह से धोना। अपनी बहन को, अपने लोगों को मेरा नमस्कार कहना।" अपनी चादर को अपने चारों तरफ़ कसकर लपेटते हुए उसने कहा।

"अपने लोगों को भी मेरा नमस्कार कहना। अपने बच्चे और हलीमा को मेरा प्यार देना।" चीका ने कहा। बाद में जब वह अपने घर जायेगी और इस पैशाचिक घटना के स्मृतिचिह्न के रूप में सूखे ख़ून का मुलम्मा चढ़े पत्थर को अपने हृदय पर धारण करेगी कि तभी उस पत्थर को उठाते समय एक विचित्र शंका उसके मन में कौंधेगी कि वह अपनी बहन को कभी नहीं ढूँढ़ पायेगी, नेन्दी चली गयी है। लेकिन अभी उस महिला की ओर मुख़ातिब होकर उसने कहा- "क्या मैं तुम्हारा स्कार्फ़ रख सकती हूँ? क्या पता कहीं फिर ख़ून बहने लगे?"

उस महिला ने क्षण भर ऐसे देखा मानो कुछ भी समझ नहीं रही हो, फिर उसने अपना सिर सहमति में हिला दिया। सम्भवतः आने वाले शोक की रेखाएँ उसके चेहरे पर उतराने लगी थीं, लेकिन बाद में वह मन्द भाव से मुस्कुरायी और एक अन्यमनस्क हँसी के साथ खिड़की से उतरने के लिए मुड़ गयी।

अनुवाद : डॉ. मीना कुमारी

चाय की प्याली में तूफ़ान

•

लू शुन

सूरज की चमकीली पीली रोशनी नदी के रेतीले तटों पर लगातार मद्धिम हो रही थी। नदी के किनारे टैलों वृक्ष की पत्तियाँ अन्ततः झुलसाने वाली गर्मी से राहत महसूस कर रही थीं। कुछ धारीदार मच्छर इन पेड़ों के नीचे मर्मर ध्वनि के साथ नृत्य कर रहे थे। नदी किनारे बसे हुए किसानों के घर की चिमनी से बहुत कम धुआँ उठ रहा था। इन घरों की स्त्रियों और बच्चों ने दरवाज़े के सामने पानी का छिड़काव कर दिया था और छोटी मेज़ एवं चौकी बाहर निकाल ली थी। शाम के ख़ाने का वक़्त हो चुका था।

एक वृद्ध व्यक्ति नीची मेज़ पर बैठकर दूसरे व्यक्ति के साथ प्लेंटैन की पत्तियों से ख़ुद को पंखा झलते हुए आपसी बातचीत में मशग़ूल थे। बच्चे टैलों वृक्ष के नीचे दौड़ रहे थे। इनमें से कुछ उकडूँ बैठकर गोटी खेल रहे थे। तभी एक स्त्री पीला चावल एवं उबली हुई काली सूखी सब्ज़ी लेकर हाज़िर हुई। मनोरंजन नौका में विहार करते हुए कुछ विद्वान व्यक्ति उस दृश्य को विस्मित होकर देख रहे थे। उन्होंने विस्मित होकर कहा– "इस तरह की बेफ़िक्री! यही वास्तव में निष्प्रयोज्य आनन्द है।" यद्यपि विद्वान व्यक्ति सही नहीं थे क्योंकि उन्होंने श्रीमती नाइन पाउंडर की टिप्पणी नहीं सुनी थी। वृद्धा नाइन पाउंडर अत्यन्त आवेश में थीं और अपनी मेज़ की टाँगों को प्लैंटेन के पंखों से मारते हुए उन्होंने कहा– "मैं उनासी वर्ष जी चुकी हूँ। यही काफ़ी है।"

हर चीज़ को इस तरह छिन्न-भिन्न होते देखना मुझे पसन्द नहीं है। इससे तो अच्छा है कि मैं मर जाऊँ। हमें अभी तुरन्त दिन का अन्तिम भोजन शुरू करना है,

लेकिन लोग अभी भी तली हुई फलियाँ खाये जा रहे हैं। उनकी परनातिन सिक्स पाउंडर हाथ में कुछ फलियाँ दबाये हुए तेज़ी से दौड़ते हुए आयीं, लेकिन स्थिति को भाँपते ही वह सीधे नदी किनारे पहुँच गयी और स्वयं को टैलों वृक्ष के नीचे छिपा लिया। फिर अपनी दोनों चोटियों के साथ छोटी गरदन बाहर निकालकर ज़ोर से कहा– "पुराने कभी मरते नहीं।"

यद्यपि वृद्धा नाइन पाउंडर की उम्र काफ़ी हो चुकी थी, लेकिन उनकी सुनने की शक्ति अभी भी क़ायम थी। हालाँकि उन्होंने बच्चे की बात नहीं सुनी और आत्मालाप करती रहीं– "वाकई! प्रत्येक पीढ़ी अपनी पहली पीढ़ी से निकृष्ट है।"

इस गाँव में एक अजीब प्रथा थी कि बच्चे के जन्म के समय उसका वज़न कराया जाता था और उसी के आधार पर उसका नामकरण किया जाता था। अपने जन्म की पचासवीं वर्षगाँठ मनाने के बाद से वृद्धा नाइन पाउंडर छिद्रान्वेषी हो गयी थीं। वे प्रायः कहने लगी थीं कि उनकी युवावस्था में ग्रीष्म ऋतु इतनी गर्म तथा पत्तियाँ इतनी सख़्त नहीं होती थीं, जैसा कि इस समय है।

लब्बो-लुआब यह कि वर्तमान समाज में कुछ गम्भीर गड़बड़ी है। नहीं तो सिक्स पाउंडर अपने परदादा से तीन पाउंड और अपने पिता सेवेन पाउंडर से एक पाउंड कम वज़न वाली क्यों होती? यह वास्तव में अखण्ड प्रमाण था। अतः उसने दृढ़तापूर्वक दुहराया– "वाकई! प्रत्येक पीढ़ी अपनी पहली पीढ़ी से निकृष्ट है।"

उसकी बहू श्रीमती सेवेन पाउंडर चावल की टोकरी लेकर मेज़ के पास आयी। मेज़ पर टोकरी को रखते हुए उसने आवेश में कहा– "आप फिर उसी बात पर आ गयीं। सिक्स पाउंडर अपने जन्म के समय दस पाउंड पाँच औंस की थी। आपका परिवार निजी पैमाने का उपयोग करता है जो सही तौल को नहीं दर्शाता। यह पैमाना एक पाउंड में अठारह औंस दर्शाता है। सटीक सोलह औंस वाले पैमाने पर सिक्स पाउंडर का वज़न भी सात पाउंड के ऊपर ही होता। मुझे विश्वास नहीं है कि दादाजी और पिताजी वास्तव में नौ या आठ पाउंड के होंगे। शायद उन दिनों चौदह पाउंड वाले पैमाने का प्रयोग होता होगा।"

"प्रत्येक पीढ़ी अपनी पहली पीढ़ी से निकृष्ट है।"

इससे पहले कि श्रीमती सेवेन पाउंडर जवाब देती, उसने अपने पति को गली की तरफ़ से आते देख लिया और अपना आक्रमण उनकी ओर मोड़ दिया– "ओ आलसी! तुम इतनी देर से क्यों आये हो? इतनी देर तक तुम कहाँ थे? तुम्हें इस

बात की बिलकुल चिन्ता नहीं है कि तुम्हारी वजह से दिन के अन्तिम भोजन के लिए लोगों को कितनी देर तक इन्तज़ार करना पड़ा?''

यद्यपि सेवेन पाउंडर एक गाँव में रहता था, लेकिन अपना जीवन स्तर ऊपर उठाने के लिए वह हमेशा प्रयासरत रहता था। दादाजी से लेकर अपने आप तक उसके परिवार में किसी ने फावड़े का उपयोग नहीं किया था। अपने पिता की तरह वह भी एक नाव पर काम करता था, जो प्रत्येक सुबह गाँव से शहर जाती थी और शाम को वापस आ जाती थी। इस वजह से वह अपने आसपास की घटनाओं से अच्छी तरह वाक़िफ़ था। जैसे कि उसे पता था कि किस स्थान पर मेघ देवता ने सहस्त्रवाद की प्रेतात्मा का संहार किया था अथवा किस स्थान पर एक कुँआरी कन्या ने राक्षस को जन्म दिया था? यद्यपि वह पूरे गाँव में लोगों के बीच जाना जाता था, उसका परिवार देश के रीति-रिवाजों का पालन करने वाला था। वे लोग प्रथानुसार ग्रीष्म ऋतु में दिन के अन्तिम भोजन के समय बत्ती नहीं जलाते थे, इसलिए देर से घर आने पर उसे डाँट पड़ती थी।

सेवेन पाउंडर एक हाथ में छह फीट से ज़्यादा लम्बे बाँस की चित्तीदार नली लेकर आया था, जिसकी एक ओर हाथीदाँत की लगाम लगी थी और दूसरी ओर जस्ते की प्याली। अपने सिर को पटकते हुए वह धीरे-धीरे चलने लगा और एक मेज़ पर आकर बैठ गया। सिक्स पाउंडर इस अवसर का फ़ायदा उठाते हुए उसकी बग़ल में आकर बैठ गयी। उसने सेवेन पाउंडर से बात करने की कोशिश की, लेकिन उसे कोई जवाब नहीं मिला।

''प्रत्येक पीढ़ी अपनी पहली पीढ़ी से निकृष्ट है।' वृद्धा नाइन पाउंडर ने बुड़बुड़ाते हुए कहा। सेवेन पाउंडर ने धीरे-धीरे अपना सिर ऊपर उठाया और आह भरते हुए कहा- ''सम्राट ने पुनः राजगद्दी ग्रहण कर ली है।''

एक क्षण के लिए श्रीमती सेवेन पाउंडर अवाक् रह गयी। फिर समाचार को समझने के उपरान्त विस्मय के साथ बोली- ''अच्छा! इसका मतलब सम्राट पुनः राजक्षमा की घोषणा करेंगे।''

''मुझे पता नहीं।'' सेवेन पाउंडर ने आह भरते हुए कहा।

''क्या सम्राट चोटी के लिए आग्रह करते हैं?''

''हाँ, वह आग्रह करते हैं।''

श्रीमती सेवेन पाउंडर इस बात से परेशान हो गयी।

''तुम्हें कैसे पता?'' उसने तुरन्त पूछा।

''प्रॉसपेरिटी शराबख़ाने में सब लोग यही बात कहते हैं।''

श्रीमती सेवेन पाउंडर ने तत्क्षण महसूस किया कि हालात अच्छे नहीं हैं क्योंकि प्रॉसपेरिटी शराबख़ाने से ही सभी तरह की ख़बरें चारों ओर प्रसारित होती हैं। उसने सेवेन पाउंडर के मुड़े हुए सिर की तरफ़ क्रोध से देखा। इस क्रोध में घृणा और प्रतिरोध की मिली-जुली भावना शामिल थी। फिर नियति की अनिवार्यता को स्वीकार करते हुए अपने पति के सामने चावल से भरा कटोरा रखते हुए कहा- ''तुरन्त ख़ाना खाओ। रोने से तुम्हारे सिर पर चोटी नहीं उग सकती।''

सूर्य की अन्तिम किरणें मद्धिम हो चली थीं और नदी का काला पानी धीरे-धीरे ठण्डा होने लगा था। चीनी कटोरे एवं काँटे की खड़खड़ाहट नदी के तट पर सुनाई दे रही थी और लोगों के चेहरे पर घबराहट स्पष्ट झलक रही थी। श्रीमती सेवेन पाउंडर तीन कटोरी चावल समाप्त करके कुछ घटित होने की आशंका के साथ ऊपर देख रही थी। तभी उसने कुछ ऐसा देखा जिससे उसका हृदय तेज़ी से धड़कने लगा। टैलों वृक्ष की पत्तियों के बीच से श्रीमान चाओ का छोटा गोलमटोल शरीर एक पट्टी वाले पुल की ओर से आता हुआ दिखाई पड़ा। उन्होंने नीले रंग का लम्बा सूती चोग़ा पहन रखा था। चाओ पड़ोसी गाँव के अनेक शराबख़ानों के मालिक थे और दस मील की परिधि में अकेले ऐसे प्रसिद्ध व्यक्ति थे, जिन्हें कुछ हद तक विद्वान की संज्ञा दी जा सकती थी। उनकी सेगेस्तान की टीका वाली 'रोमांस ऑफ दि किंगडम' की दर्जनों प्रतियाँ थीं, जिसे वह बार-बार अक्षरशः पढ़ा करते थे। वह आपको न केवल पाँच टाइगर जनरल के नाम बता सकते थे, बल्कि यह भी बता सकते थे कि हांग सुंग का दूसरा नाम हेन सेंग था एवं मा चाओ मेंग ची के नाम से जाने जाते थे। क्रान्ति के बाद उन्होंने ताओ पुजारी की तरह अपनी चोटी को सिर के ऊपर कुंडली के रूप में लपेट लिया था और अक्सर आह भरते हुए कहा करता था कि यदि चाओ युन आज जीवित होते तो साम्राज्य की ऐसी दुर्गति नहीं होती। श्रीमती सेवेन पाउंडर की दृष्टि काफ़ी अच्छी थी और उसने तुरन्त देख लिया कि चाओ ने आज ताओ पुजारी की तरह अपनी चोटी को सिर पर बाँधकर नहीं रखा था। आज उनके सिर के आगे का हिस्सा साफ़ था और उनकी चोटी नीचे की ओर लटक रही थी। उसे पता था कि सम्राट ने राजगद्दी अवश्य सँभाल ली होगी, सिर पर चोटी रखना फिर से अनिवार्य होगा और उसका पति सेवेन पाउंडर गम्भीर ख़तरे में है। उसे इस बात का भी अहसास था कि चाओ ने लम्बा सूती चोग़ा अकारण नहीं पहना होगा। हक़ीक़त यह थी कि यह चोग़ा उन्होंने पिछले तीन सालों में सिर्फ़ दो बार पहना था। एक बार जब उनका शत्रु आह-शु बीमार पड़ा था और दूसरी बार जब उसकी शराब की दुकान में तोड़-फोड़

करने वाले व्यक्ति 'लू' की मृत्यु हुई थी। आज यह तीसरा मौक़ा था और एक बात स्पष्ट थी कि कुछ ऐसा अवश्य हुआ है जिससे चाओ का मन प्रसन्न हुआ है और उसके शत्रु के लिए बुरी ख़बर है।

श्रीमती सेवेन पाउंडर को याद आया कि आज से दो साल पहले उसके पति ने शराब के नशे में चाओ को धिक्कारते हुए उसे दोगला कहा था। उसे तुरन्त अहसास हो गया कि उसका पति कितने गम्भीर ख़तरे में है और इस बात से उसका हृदय तेज़ी से धड़कने लगा।

चाओ के वहाँ से गुज़रते वक़्त दिन के अन्तिम भोजन के लिए एकत्रित लोग उठकर खड़े हो गये और अपने काँटे से चावल की ओर इशारा करते हुए बोले– "श्रीमान चाओ! कृपया हमारा साथ दीजिए।" चाओ ने लोगों के पास से गुज़रते हुए सभी लोगों का अभिवादन किया तथा कहा– "कृपया अपना ख़ाना जारी रखिए।" वह सीधा सेवेन पाउंडर की मेज़ की ओर गया। सभी लोग उसका अभिवादन करने के लिए उठ खड़े हुए और चाओ ने मुस्कुराते हुए कहा– "कृपया अपना ख़ाना जारी रखिए।" लेकिन उन्होंने मेज़ पर रखी हुई भोजन सामग्री का अच्छी तरह जायज़ा लिया।

"सूखी सब्ज़ियों से काफ़ी अच्छी सुगन्ध आ रही है। क्या आपने ख़बर सुनी है?" सेवेन पाउंडर के पीछे और श्रीमती सेवेन पाउंडर के सामने खड़े होकर चाओ ने पूछा।

"सम्राट ने राजगद्दी सँभाल ली है।" सेवेन पाउंडर ने कहा।

चाओ के संकेतों को दृष्टिगत करते हुए श्रीमती सेवेन पाउंडर ने मुस्कुराने का प्रयास किया। "अब जबकि सम्राट ने राजगद्दी सँभाल ली है, लोगों के लिए राजक्षमा की घोषणा कब होगी?" उसने पूछा। सभी लोगों के लिए क्षमा-योजना? हरेक अच्छे समय में क्षमा-योजना की घोषणा अवश्य होगी। फिर चाओ की आवाज़ कठोर होती गयी– लेकिन सेवेन पाउंडर की चोटी का क्या होगा? यह महत्त्वपूर्ण बात है। आप जानते हैं कि लम्बी चोटी के ज़माने में अपने बाल रखो और जीवन को समाप्त करो। अपने बाल को साफ़ करो और अपने जीवन को सलामत रखो।"

सेवेन पाउंडर और उनकी पत्नी ने कभी कोई किताब नहीं पढ़ी थी। इसलिए यह प्रसिद्ध जनश्रुति उनकी समझ में नहीं आयी। लेकिन उन्होंने समझा कि चूँकि विद्वान चाओ ने यह बात कही है, अतः परिस्थिति अवश्य ही गम्भीर और अपरिवर्तनीय होगी। उन्हें ऐसा लगा मानो मृत्युदण्ड मिल गया हो। उनके कान

कोलाहल से भरे प्रतीत हो रहे थे और वे एक भी शब्द बोलने में असमर्थ महसूस कर रहे थे।

''प्रत्येक पीढ़ी अपनी पहली पीढ़ी से निकृष्ट है।'' वृद्धा श्रीमती नाइन पाउंडर ने चाओ से बातचीत का सिलसिला प्रारम्भ करते हुए कहा– ''विद्रोही आजकल लोगों के सिर की चोटी काट देते हैं ताकि वे न तो बौद्ध और न ही ताओवादी के रूप में दिखें। मैं उनासी वर्ष का जीवन व्यतीत कर चुकी हूँ और यह काफ़ी है। पुराने ज़माने में विद्रोही लाल साटिन के कपड़े से अपना सिर बाँध लेते थे और यह कपड़ा उनके पैर तक लटकता रहता था। राजकुमार पीले रंग का साटिन पहनते थे जो नीचे तक लटकता रहता था। लाल साटिन और पीला साटिन– मैं उनासी वर्ष की अवस्था में बहुत जी चुकी हूँ।''

''क्या करें?'' खड़े होते हुए श्रीमती सेवेन पाउंडर ने कहा– ''हमारा परिवार इतना बड़ा है– छोटे और बड़े और सभी लोग मेरे पति पर ही आश्रित है।''

''आप कुछ नहीं कर सकती है।'' चाओ ने कहा– ''सिर पर चोटी नहीं रखने की स्पष्ट सज़ा किताबों में लिखी हुई है। इससे कोई फ़र्क़ नहीं पड़ता कि आपका परिवार कितना बड़ा है। ''

जब श्रीमती सेवेन पाउंडर ने यह सुना कि सज़ा स्पष्ट रूप से किताबों में लिखी हुई है, उनकी सारी आशा धूमिल हो गयी। स्वयं व्याकुल होने के बावजूद वह अचानक अपने पति से घृणा करने लगी। चीनी काँटे को अपने पति की नाक की तरफ़ करते हुए वह ज़ोर से चिल्लायीं– ''तुमने अपनी क़ब्र स्वयं खोदी है। अब उसमें लेटने के लिए तैयार रहो।'' मैंने विद्रोह के समय कहा था कि तुम्हारे लिए शहर में नाव पर जाना अच्छा नहीं है। लेकिन वह गया। वह शहर गया और विद्रोहियों ने उसकी चोटी काट दी। उसके सिर पर चमकदार काली चोटी हुआ करती थी। लेकिन अब वह न तो बौद्ध की तरह दिखता है और न ही ताओवादी की तरह। उसने अपनी क़ब्र स्वयं खोदी है और उसे इसकी सज़ा भुगतनी पड़ेगी। उसे क्या अधिकार है कि वह पूरे परिवार को इस समस्या में घसीटे? गाओल चिड़िया की ज़िन्दा लाश की तरह है वह...।

चूँकि चाओ वहाँ गया था, गाँववालों ने अपना ख़ाना शीघ्र समाप्त कर लिया और सभी सेवेन पाउंडर की मेज़ के पास ज़मा हो गये। उसे पता है कि एक भद्र व्यक्ति का सार्वजनिक रूप से अपनी पत्नी द्वारा अपमान कितना अशोभनीय है। अत: बोलने के लिए उसने अपना सिर ऊँचा किया।

''आज तुमको बहुत कुछ कहना है, लेकिन इस समय.......

गाओल चिड़िया की ज़िन्दा लाश हो तुम।''

एकत्रित भीड़ में विधवा पायी सबसे दयालु व्यक्ति थीं। अपने पति की मृत्यु के बाद जन्मे अपने दो साल के बच्चे को साथ में लेकर वह श्रीमती सेवेन पाउंडर की बग़ल में खड़ी होकर तमाशा देख रही थीं। उन्हें लगा कि श्रीमती सेवेन पाउंडर हद से आगे जा रही है। इसलिए स्थिति को सँभालने का प्रयत्न करते हुए उन्होंने कहा– ''श्रीमती सेवेन पाउंडर शान्त हो जाओ। लोग देवता नहीं हैं, वे कैसे भविष्य के बारे में बता सकते हैं? तुमने ही कुछ समय पहले कहा था कि चोटी नहीं रखने में शर्मिन्दगी की कोई बात नहीं है। इसके अलावा अभी तक सरकारी अधिकारियों ने इस सम्बन्ध में कोई आदेश जारी नहीं किया है।''

इससे पहले कि पाई अपनी बात समाप्त कर पातीं श्रीमती सेवेन पाउंडर के कान लाल होने लगे और अपने चीनी काँटे को लहराते हुए और उसे विधवा की नाक की तरफ़ मोड़ते हुए उसने कहा– ''मैंने ऐसा कभी नहीं कहा। मैं अब भी एक मनुष्य हूँ। मैं ऐसी मूर्खतापूर्ण बात कैसे कह सकती हूँ? जब मेरे पति की चोटी काट दी गयी थी, मैं पूरे तीन दिन तक रोती रही थी।'' सब लोगों ने यह देखा था। यहाँ तक कि शैतान सिक्स पाउंडर भी रोयी थी। सिक्स पाउंडर ने अभी-अभी एक कटोरा चावल समाप्त किया था और इसे फिर से भरने के लिए कटोरा हाथ में लेकर शोर मचा रही थी। श्रीमती सेवेन पाउंडर क्रोध में थी। उसने चीनी काँटे को नीचे लाकर बच्ची की दोनों चोटियों के बीच रखते हुए कहा– ''ऐ ढीठ छोटी लड़की! शोर करना बन्द करो।''

सिक्स पाउंडर के हाथ से ख़ाली कटोरा ज़मीन पर गिर गया और उसमें दरार आ गयी। यह कोने में रखी ईंट पर गिरा था और उसमें से एक बड़ा टुकड़ा टूटकर बाहर निकल गया। सेवेन पाउंडर कटोरे को पकड़ने के लिए कूदा और टूटे टुकड़ों को आपस में जोड़ते हुए निरीक्षण के बाद सिक्स पाउंडर को कोसते हुए चिल्लाने लगा। उसने सिक्स पाउंडर को एक जोरदार थप्पड़ मारा जिससे वह ज़मीन पर गिर गयी। वह ज़मीन पर बैठी तब तक रोती रही, जब तक कि वृद्धा नाइन पाउंडर उसे अपने साथ लेकर बुदबुदाती हुई बाहर नहीं चली गयीं– ''प्रत्येक पीढ़ी अपनी पहली पीढ़ी से निकृष्ट है।''

अब विधवा पाई के क्रुद्ध होने का समय था। उसने चिल्लाते हुए कहा– ''बच्चे पर प्रहार! लानत है श्रीमती सेवेन पाउंडर!'' चाओ यह पूरा प्रकरण चेहरे पर मुस्कुराहट लिए हुए देख रहा था। लेकिन जब विधवा पाई ने यह कहा कि विद्वान सरकारी अधिकारियों ने अब तक कोई आदेश जारी नहीं किया है, वह

क्रोध से उबलने लगा। अब बिलकुल मेज़ के समीप आकर उसने कहा– "यह बच्चे को पीटने का मामला क्या है? शाही सेना यहाँ कभी भी आ सकती है। आपको पता है जनरल चांग इस साम्राज्य के संरक्षक हैं, जो प्रसिद्ध तीन साम्राज्य के दौर के चांग फेई के वंशज हैं। वह अठारह फीट लम्बा बल्लम लेकर चलते हैं और दस हज़ार लोगों से मुक़ाबला करने की ताक़त रखते हैं। उनके ख़िलाफ़ कोई व्यक्ति नहीं टिक सकता।" अपने ख़ाली हाथों को उठाकर जैसे वह अदृश्य बल्लम पकड़ने की कोशिश कर रहा हो। चाओ ने विधवा पाई की ओर कुछ क़दम बढ़ाये और कहा– "क्या तुम उनसे मुक़ाबला करोगी?"

अपने बच्चे का हाथ पकड़े हुए विधवा क्रोध से काँपने लगी। लेकिन पसीने से लथपथ चेहरा और घूरती आँखों के साथ चाओ को अपनी ओर आता देख वह सहम गयी। अपनी बात पूरी किये बिना ही वह मुड़ी और भाग गयी। चाओ भी वहाँ से निकल गया। उनके वहाँ से प्रस्थान करते ही गाँव के लोग विधवा पाई को हस्तक्षेप करने के लिए दोष देने लगे। कुछ लोग, जिन्होंने अपनी चोटी कटवा ली थी और अब फिर से उसे बढ़ा रहे थे, भीड़ के पीछे तेज़ी से छिपने लगे ताकि चाओ उन्हें देख न ले। लेकिन चाओ भीड़ के बीच से बिना सतर्क जाँच के ही निकल गया। वह छलाँग लगाकर टैलों वृक्ष के पीछे पहुँच गया और जाते-जाते कह गया कि तुम सोचते हो तुम उनकी बराबरी कर सकते हो? ऐसा कहते हुए वह एक खम्भे वाले पुल पर चढ़ गया और ग़ायब हो गया।

ग्रामीण लोग वहाँ हक्के-बक्के खड़े थे और स्थिति को समझने की कोशिश कर रहे थे। उन्हें अहसास हुआ कि वास्तव में वे चांग फेई की बराबरी नहीं कर सकते अतः सेवेन पाउंडर की ज़िन्दगी ख़त्म होने के क़रीब है। उनके अनुसार सेवेन पाउंडर ने राजाज्ञा का उल्लंघन किया था, उसे अपनी लम्बी नली से ईश्वरीय ध्वनि नहीं निकालनी चाहिए थी और न ही उनसे शहर की ख़बर की चर्चा करनी चाहिए थी। इसलिए इस बात से लोगों को ख़ुशी हुई कि सेवेन पाउंडर समस्याओं से घिरा है। वे लोग आपस में चर्चा करना चाहते थे कि मुद्दा क्या है, लेकिन समझ नहीं पा रहे थे कि क्या कहें? गूँजते हुए मच्छर उनकी नंगी बाँहों को छूकर निकल गये, फिर टैलों वृक्ष के नीचे अपने झुण्ड की ओर उड़ गये। गाँव के लोग अपने-अपने घरों की ओर निकल गये। उन्होंने दरवाज़ा बन्द किया और सोने चल दिये। अपने आपमें बुदबुदाती हुई श्रीमती सेवेन पाउंडर ने मेज़ तिपायी तथा बरतनों को साफ़ किया और वह भी घर के अन्दर चली गयी, दरवाज़ा बन्द किया और सो गयी।

सेवेन पाउंडर टूटे हुए कटोरे को लेकर अन्दर आ गया और धूम्रपान करते हुए

घर की देहली पर बैठ गया। लेकिन अब भी वह इतना परेशान था कि बाँस की नली को घर के अन्दर रखना भूल गया। हाथीदाँत के मुँहनाल के साथ बँधी उसकी छह फीट लम्बी चित्तीदार बाँस की नली से जुड़े जस्ते के कटोरे से आने वाली चमक काली पड़ गयी थी। स्थिति विस्फोटक मोड़ पर पहुँच गयी थी और इससे बाहर निकलने के लिए वह कोई कार्य-योजना या रास्ता ढूँढ़ रहा था। लेकिन उसके विचार चक्रवात की तरह घूम रहे थे और वह उनमें कोई तारतम्य नहीं बिठा पा रहा था। चोटी, हाँ चोटी? अठारह फुट लम्बा विशाल बल्लम। प्रत्येक पीढ़ी अपनी पहली पीढ़ी से अधिक निकृष्ट है। सम्राट ने राजसत्ता सँभाल ली है। टूटे कटोरे को ठीक करने के लिए शहर ले जाना पड़ेगा। तुममें से कौन उनकी बराबरी कर सकता है? यह एक किताब में लिखा हुआ है। मेरी बला से!

अगले दिन सुबह सेवेन पाउंडर अन्य दिनों की तरह नाव से शहर गया। शाम को वह अपनी छह फीट लम्बी चित्तीदार बाँस की नली तथा चावल के कटोरे के साथ वापस आ गया। शाम के भोजन के समय उसने वृद्धा नाइन पाउंडर को बताया कि उसने शहर में टूटे कटोरे को ठीक करवा लिया है। चूँकि टूटन बहुत ज़्यादा थी, इसलिए उसमें ताँबे की सोलह कील लगाने की ज़रूरत पड़ी। इनमें से प्रत्येक कील की क़ीमत तीन कैश है और इस तरह इसे ठीक करने में कुल अड़तालीस कैश ख़र्च हो गये।

प्रत्येक पीढ़ी अपनी पहली पीढ़ी से निकृष्ट है। बात काटते हुए वृद्धा श्रीमती नाइन पाउंडर ने कहा– ''मैं बहुत जी चुकी हूँ। एक कील की क़ीमत तीन कैश! ये वैसी कील नहीं है जो पुराने ज़माने में हम लोग प्रयोग करते थे। आह! मैं उनासी वर्ष की हो चुकी हूँ।''

यद्यपि प्रत्येक दिन सेवेन पाउंडर पहले की तरह शहर जाता था, लेकिन आज उसका घर रहस्यों से घिरा हुआ प्रतीत होता था। गाँव के अधिकांश लोग उसके घर की तरफ़ जाने से कतराने लगे। अब लोग उसके पास शहर के बारे में ख़बर जानने के लिए भी नहीं आते थे। श्रीमती सेवेन पाउंडर भी चिड़चिड़े स्वभाव की हो गयी थी और अपने पति को हमेशा 'गाओल पक्षी' के रूप में सम्बोधित करती थी।

लगभग पन्द्रह दिनों बाद जब सेवेन पाउंडर शहर से अपने घर वापस आया, उसने अपनी पत्नी को अविश्वसनीय रूप से ख़ुशमिज़ाज पाया। श्रीमती सेवेन पाउंडर ने अपने पति से पूछा– ''शहर में कोई नया समाचार है?''

''नहीं कुछ नहीं।''

''क्या सम्राट ने राजगद्दी ग्रहण की है?''

"ऐसा नहीं सुना गया।"

"क्या प्रॉसपेरिटी शराबख़ाने में कोई कुछ नहीं कहता?"

"नहीं, कुछ नहीं।"

"मुझे नहीं लगता कि सम्राट राजगद्दी ग्रहण करेंगे। आज मैं चाओ की शराब की दुकान के पास से गुज़र रही थी तो मैंने देखा कि अपने सिर पर चोटी बाँधे हुए वह बैठकर पढ़ रहा था। उसने आज अपना लम्बा चोग़ा भी नहीं पहन रखा था।"

"......................."

"तुम्हें नहीं लगता कि शायद सम्राट राजगद्दी न सँभाले?"

"मुझे लगता है शायद नहीं।"

आज फिर सेवेन पाउंडर की पत्नी और गाँववालों ने उसका अच्छी तरह आदर-सत्कार किया। गर्मी के दिनों में उनका परिवार पुनः दरवाज़े के बाहर कच्ची ज़मीन पर बैठता है और राहगीर मुस्कान के साथ उनका अभिवादन करते हैं। कुछ समय पहले वृद्धा श्रीमती नाइन पाउंडर अपना अस्सीवाँ जन्मदिन मनाती हैं और वह पहले की तरह स्वस्थ और प्रसन्न हैं, साथ ही शिकायत से भरी हुई सिक्स पाउंडर के बाल के दोनों छोटे गुच्छे अब चोटी का रूप ले चुके थे। यद्यपि परिवारवालों ने अब उसका पैर बाँधना शुरू कर दिया था, फिर भी वह अपनी शरारतों से श्रीमती सेवेन पाउंडर को तंग किया करती थी और रेंगते हुए सोलह कीलों वाले अपने चावल के कटोरे के साथ बाहर कच्ची ज़मीन पर चली जाती थी।

अनुवाद : डॉ. अभय कुमार ठाकुर

दीर्घ निर्वासन

●

लियो तॉलस्ताय

व्लादिमीर शहर में इवान एसिमोव नाम का युवा व्यापारी रहता था। उसके पास अपना एक मकान और दो दुकान थीं। वह गोरा, घुँघराले बालों वाला और मृदुभाषी व्यक्ति था। वह बहुत अच्छा गायक भी था। एक गर्म दिन में जब वह मेला देखने जा रहा था जैसे ही उसने अपने घरवालों से विदा ली, उसकी पत्नी ने उससे कहा– ''इवान! आज मत जाओ। मैंने एक बुरा सपना देखा है। मैं नहीं जानती कि मैं क्यों चिन्तित हूँ। मेरे सपने में तुम शहर से धूसर भूरे बालों में लौटे हो।'' एसिमोव ज़ोर से हँसा और बोला– ''यह शुभ संकेत है, मैं अपने सारे सामान को बेचकर तुम्हारे लिए मेले से कुछ तोहफे लाऊँगा।'' वह अपने परिवार को अलविदा कहकर चला गया। रास्ते में वह अपनी पहचान के एक और व्यापारी से मिला और वे दोनों एक ही जगह रात्रि विश्राम के लिए ठहरे, एक साथ चाय पी और अपने-अपने बिस्तर पर सोने चले गये। वह यात्रा जारी रखना चाहता था जबकि उस समय हाड़ कँपा देने वाली ठण्ड थी। एसिमोव ने भोर होने से पहले चालक को जगाया, सराय मालिक के पैसे चुकाये और आगे की यात्रा पर निकल पड़ा। जब वह लगभग पच्चीस मील की दूरी पर पहुँचा, तब वह घोड़े के चारे-पानी के लिए रुका। एसिमोव सराय के गलियारे में विश्राम करने लगा। उसके बाद वह चौखट से बाहर निकला और समोवार को गर्म करने का आदेश देते हुए अपनी गिटार उठा के बजाने लगा।

अचानक उसके सामने घोड़ागाड़ी घण्टी की झनझनाहट और सरकारी सायरन बजाते रुकी, जिसमें से उसका पीछा करते दो सैनिक उतरे। वे एसिमोव के पास गये

और उससे सवाल करने लगे कि वह कौन है और कहाँ से आया है। एसिमोव ने उन्हें सभी प्रश्नों के उत्तर दिये और पूछा– "आप चाय लेंगे?" लेकिन अधिकारियों ने अपनी पूछताछ जारी रखी– तुमने रात कहाँ गुज़ारी थी, तुम वहाँ अकेले थे या कोई व्यापारी साथ था, तुमने किसी अन्य व्यापारी को भी आज सुबह देखा है, तुमने सराय का कमरा सुबह होने से पहले क्यों छोड़ा?

एसिमोव ने जो कुछ घटा बताया, फिर पूछा– "आप मुझसे जिरह क्यों कर रहे हैं? यदि मैं चोर होता तो...?"

अधिकारी ने कहा– "मैं इस ज़िले का पुलिस अधिकारी हूँ और मैं प्रश्न इसलिए पूछ रहा हूँ क्योंकि कल रात तुम जिस व्यापारी के साथ थे, उसका गला कटा हुआ मिला। हमें तुम्हारे सामान की जाँच करनी है।"

वे पूरे मकान की तलाशी लेते रहे। सिपाही एवं पुलिस अधिकारी एसिमोव के सामान को खोलकर जाँचने लगे। अचानक पुलिस अधिकारी बैग से एक चाक़ू निकालकर चिल्लाया– "किसका चाक़ू है ये? और इस पर ख़ून क्यों लगा है?" एसिमोव घबड़ाकर रुक-रुककर बोला– "ये...मेरा नहीं है।" अधिकारी ने कहा– "आज सुबह उस व्यापारी की गरदन कटी लाश बिस्तर पर मिली। तुम एकमात्र ऐसे व्यक्ति हो जो यह कर सकते हो। यह रक्तरंजित चाक़ू, तुम्हारा चेहरा और तुम्हारा यह व्यवहार प्रकट करता है कि यह दुष्कर्म तुमने किया है। मुझे बताओ कितने रुपये चुराये तुमने?" एसिमोव क़सम खाता है कि उसने ऐसा नहीं किया। उसने चाय पीने के बाद उस व्यापारी को देखा ही नहीं। उसके पास कोई पैसे नहीं थे, सिवाय आठ हज़ार रूबल के जो उसके अपने थे। और वह चाक़ू भी उसका नहीं था, लेकिन उसकी ज़ुबान लड़खड़ा रही थी, चेहरा फक्क था और वह भय से काँप रहा था।

पुलिस अधिकारी ने सिपाहियों को एसिमोव को बन्दी बनाने का आदेश दिया। अधिकारियों ने उसके पैरों को आपस में बाँधकर उसे घोड़ागाड़ी में लाद दिया, एसिमोव रोने लगा। उसके पैसे एवं सामान ज़ब्त कर लिये गये और उसे नज़दीकी शहर भेजकर क़ैद कर दिया गया। उसके चरित्र की जाँच व्लादिमीर में की गयी। व्यापारियों और अन्य लोगों ने बताया कि पहले वह समय बरबाद करता था लेकिन अब वह एक अच्छा आदमी है। तब उस पर मुक़दमा चला, उस पर आरोप लगा कि उसने रज़ान में एक व्यापारी की हत्या की और बीस हज़ार रूबल लूटे।

उसकी पत्नी निराश थी। उसके सभी बच्चे बहुत छोटे थे। एक अभी गोद में था। सबको लेकर वह उस शहर गयी, जहाँ उसका पति क़ैद था। बड़ी कठिनाई से

उसको देखने की इजाज़त मिली। जब उसने अपने पति को ज़ंजीरों में जकड़े चोरों व बदमाशों के साथ देखा तो वह गिर गयी और बहुत समय तक उसे होश नहीं आया। फिर उसने अपने बच्चों को पास बिठाकर अपने घर का हालचाल बताया और पूछा कि अब हम लोग क्या कर सकते हैं।

हमें एक अर्ज़ी सम्राट सीज़र को देनी चाहिए जिससे एक निर्दोष को सज़ा न हो।

उसकी पत्नी ने बताया कि राजा सीज़र को अर्ज़ी भेजी थी लेकिन वह अस्वीकृत हो गयी।

एसिमोव नीचे देखने लगा, उसने कोई प्रतिक्रिया नहीं दी।

तब पत्नी ने कहा– ''यह सब कुछ नहीं होता, मैंने सपने में तुम्हारे बाल धूसर होते देखे थे। तुम्हें याद है? तुम्हें उस दिन यात्रा प्रारम्भ नहीं करनी चाहिए थी।'' और उसने एसिमोव के बालों में उँगलियाँ फेरते हुए कहा– ''प्यारे इवान। तुम अपनी पत्नी को सच बताओ। तुमने तो यह सब नहीं किया था ना?'' ''तो तुम भी मुझे दोषी मानती हो?'' एसिमोव ने कहा और अपने हाथों में चेहरा छुपाकर रोने लगा। तब एक सिपाही आया और बोला– ''तुम्हारी पत्नी और बच्चों को जाना होगा।'' और एसिमोव ने आख़िरी बार अपने परिवार को अलविदा कहा। उनके जाने के बाद एसिमोव सोचने लगा कि केवल भगवान ही सच जानता है। केवल वही है जिससे वह प्रार्थना कर सकता है और दया की कामना कर सकता है। एसिमोव ने कोई अन्य अर्ज़ी नहीं लिखी और सारी आशाओं को तजकर भगवान से रहम की प्रार्थना करने लगा। एसिमोव को दोषी ठहराया गया। उसे सज़ा मिली। उसके ज़ख़्मों के भरने से पहले उसे अन्य अपराधियों के साथ साइबेरिया भेजा गया।

एसिमोव ने 26 साल साइबेरिया में अपराधी की तरह जीवनयापन किया। उसके बाल बर्फ़ की तरह सफ़ेद, दाढ़ी लम्बी और भूरी हो गयी। उसकी संवेदनाएँ मर चुकी थीं। वह स्थिर था, धीरे चलता था, कम बोलता था और कभी नहीं हँसता था। लेकिन वह सदैव प्रार्थना करता था। कारागार में ऐसिमोव ने जूते बनाना सीखा और कुछ पैसे इकट्ठे किये जिनसे उसने 'दी लाइफ आफ दी सन्त' (सन्तों का जीवन) नामक पुस्तक ख़रीदी और जेल में पर्याप्त रोशनी में वह उसे पढ़ता रहता था।

रविवार को उसने जेल के चर्च में उसका पाठ किया और गायक मण्डल के साथ गायन भी किया। उसकी आवाज़ अब भी अच्छी थी। जेल अधिकारी

ऐसिमोव के सौम्य व्यवहार के लिए उसे पसन्द करते थे। उसके साथी क़ैदी भी उसे आदर देते थे। वे लोग उसे दादा जी या स्वामी जी बुलाते थे। उन्हें जब भी कोई दरख़्वास्त जेल अधिकारियों को देनी होती थी, वे हमेशा एसिमोव को अपना प्रवक़्ता बनाते थे और जब भी आपस में कोई फ़साद होता तो वे उसी के पास जाकर सच्चाई बयान करते थे।

एसिमोव के घर से कोई समाचार नहीं आया। वह यह भी नहीं जानता था कि उसकी पत्नी और बच्चे ज़िन्दा हैं या नहीं।

एक दिन नये अपराधियों का झुण्ड आया। सभी पुराने क़ैदियों ने उन्हें घेर लिया और उनसे पूछा– "कहाँ से आये हो और किस जुर्म में आये हो?" एसिमोव उदास बैठा सब सुन रहा था कि वे क्या कह रहे थे।

एक लम्बा, मज़बूत क़दकाठी वाला और लगभग साठ साल की उम्र का नया अपराधी आत्मीयता के साथ अपनी गिरफ़्तारी के बारे में अन्य क़ैदियों को बता रहा था।

"अच्छा दोस्तो।" वह बोला– "मैंने उधारी पर एक घोड़ा घर जल्दी जाने के लिए लिया और मैं उसे चुराने के अपराध में पकड़ा गया।

लेकिन मैंने कैसे और कहाँ उसे चुराया, यह उन्हें नहीं बताया।

मैंने एक बार कुछ ग़लत किया था और वे मुझे तड़ीपार कर रहे थे, बहुत पुरानी बात है, लेकिन मैं नहीं पकड़ा गया।

अब मैं यहाँ हूँ, बिना किसी जुर्म के...हूँ...लेकिन मैं झूठ बोल रहा हूँ। पहले जब मैं साइबेरिया में रहता था, परन्तु ज़्यादा दिनों के लिए नहीं।"

"तुम कहाँ से हो?" किसी ने पूछा।

"व्लादिमीर से, मेरा नाम मॉकर रेबिन है।"

ऐसिमोव ने सिर ऊपर उठाकर पूछा– "रेबिन तुम बताओ क्या तुम व्लादिमीर के एसिमोव के विषय में कुछ जानते हो? क्या वे लोग अभी ज़िन्दा हैं?"

"अवश्य जानता हूँ। एसिमोव धनी है। उसके पिता साइबेरिया में हैं। हमीं लोगों की तरह (उसे देखकर) तुम्हारी तरह। दादा जी आप यहाँ कैसे?"

एसिमोव ने केवल देखा और बोला– "मैं पिछले 26 सालों से अपने पापों की सज़ा काट रहा हूँ।"

"क्या? कितने?" रेबिन बोला।

लेकिन एसिमोव ने इतना ही कहा– "अच्छा है...अच्छा है– मैं इसी लायक़ हूँ।"

वह कुछ नहीं बोला लेकिन उसके साथियों ने बताया कि कैसे एसिमोव साइबेरिया में आया, कैसे किसी ने एक व्यापारी की हत्या की और रक्तरंजित चाकू एसिमोव के सामान में रख दिया और एसिमोव अन्याय का शिकार हुआ।

जब रेबिन ने यह सुना तो वह अपने घुटनों पर हाथ मारकर आश्चर्यचकित हो बोला– "अच्छा, ये तो सचमुच बढ़िया है। लेकिन तुम इतने बूढ़े कैसे हो गये दादा जी?"

दूसरों ने उससे पूछा तुम इतना चकित क्यों हो और तुमने इससे पहले एसिमोव को कहाँ देखा? लेकिन रेबिन ने कोई जवाब नहीं दिया। रेबिन की बातों से एसिमोव को लगा कि वह व्यापारी के हत्यारे को जानता था। वह बोला– "कदाचित रेबिन! तुम उस राज़ को जानते हो या हो सकता है कि तुमने मुझे पहले कभी देखा हो?"

"मैं सुनवाई में कैसे मदद करता? क्योंकि यह बहुत समय पहले की बात है और अब तो मैंने जो सुना, उसे भूल भी गया। इस सबके बावजूद कदाचित तुम जानते हो कि व्यापारी को किसने मारा?" एसिमोव ने पूछा।

रेबिन हँसा और उत्तर दिया– "यह अवश्य सच है कि जिसके बैग में चाकू पाया गया, उसी ने मारा होगा! यह कैसे हो सकता है कि कोई तुम्हारे बैग में चाकू रख दे, जब वह तुम्हारे सिर के नीचे हो। तुम पक्का जाग जाते।"

जब एसिमोव ने इन शब्दों को सुना तो वह जान गया कि निश्चित् रूप से व्यापारी को इसी ने मारा था।

एसिमोव पूरी रात टहलता रहा। वह गम्भीर पीड़ा का अनुभव कर रहा था और पूरा दृश्य उसके मन–मस्तिष्क में घूम रहा था। उसने पत्नी को देखा जो उसे मेले में जाने के लिए अलविदा कह रही थी। उसने उसकी आवाज़ सुनी और हँसा। उसके बच्चे उसे दिखे और तब वह अपने विषय में सोचने लगा। वह अपनी अलमस्त जवानी में ही मोहरा बन गया। उसे याद आने लगा कि वह कैसे बैठकर गिटार बजाता था और कैसे निश्चिन्त और अलमस्त रहता था। उसके दिमाग़ में घूमने लगी वह जगह, जहाँ वह पकड़ा गया था। सब कुछ साफ़ दिख रहा था। ज़ंजीरें, क़ैदी जीवन के पूरे 26 साल और उम्र से पहले बुढ़ापा। अपनी बदहाली के बारे में सोचकर वह आत्महत्या के लिए तत्पर था।

और यह सब इस दुष्ट के कारण हुआ। एसिमोव सोचने लगा और प्रतिशोध की अग्नि में जल उठा। उसने पूरी रात प्रार्थना की परन्तु शान्ति नहीं मिली। पूरे दिन वह रेबिन के नज़दीक जाने की हिम्मत नहीं जुटा सका, न ही उसे देखा।

इसी तरह एक पखवारा बीत गया। एसिमोव की समझ कुन्द हो रही थी।

एक रात वह जेल में टहल रहा था। उसने यह ग़ौर किया कि जहाँ पर क़ैदी सोते हैं कुछ मिट्टी धरती से ऊपर निकल रही है और तब अचानक रेबिन तख़्त के नीचे से निकला और डरते हुए एसिमोव की तरफ़ देखा।

उसने एसिमोव के हाथों को पकड़ा और कहा कि वह दीवार के अन्दर एक सुरंग बना रहा है जिसकी मिट्टी अपने जूतों में डालकर हर रोज़ उसे सड़क पर ख़ाली कर देता है। तुम शान्त रहो बूढ़े और यहाँ से चले जाओ। यदि तुमने किसी को बताया तो वे तो तुम्हें जीवन भर केवल क़ैद रखेंगे, लेकिन पहले मैं तुम्हें मार दूँगा।

एसिमोव ग़ुस्से से भुनभुनाया और अपना हाथ छुड़ाते हुए बोला– मेरी भागने की कोई इच्छा नहीं और तुम्हें हत्या करने की कोई ज़रूरत नहीं। तुम मुझे बहुत पहले ही मार चुके हो। मैं तुमसे यह कहूँ या नहीं परन्तु ईश्वर सब जानते हैं।

अगले दिन, क़ैदी जब काम पर जा रहे थे, तब सैनिकों ने ग़ौर किया कि कुछ कैदी सुरंग खोदकर सड़क पर जाने का रास्ता बना रहे थे। क़ैदख़ाने में सुरंग का पता लगाया गया।

राज्यपाल ने क़ैदियों से इसके विषय में पूछा परन्तु उन सभी ने सुरंग की जानकारी के प्रति अनभिज्ञता दर्शायी। कुछ जानते तो थे किन्तु रेबिन से दुश्मनी नहीं लेना चाहते थे क्योंकि वे जानते थे कि वह उन्हें मार देगा। अन्त में राज्यपाल एसिमोव की तरफ़ मुड़े और कहा– "ईश्वर के बाद तुम ही विश्वसनीय हो वृद्ध! बताओ मुझे किसने सुरंग खोदी।"

रेबिन ने राज्यपाल की तरफ़ देखा और अधिक नहीं बस एक नज़र एसिमोव को देखा। एसिमोव के होंठ और हाथ थरथरा रहे थे और कुछ समय तक वह एक भी शब्द नहीं बोल सका। उसने सोचा कि उसे मैं क्यों बचाऊँ जिसने मेरा जीवन बरबाद कर दिया। मैंने जो कुछ सहा है, उसकी क़ीमत उसे चुकानी होगी। लेकिन यदि मैं बता देता हूँ तो सम्भव है वे इसकी जान ले लें और कदाचित मैं ग़लत भी हो सकता हूँ और इस सबके बाद मुझे क्या मिलेगा?

"अच्छा तो बताओ वृद्ध!" सम्मान से राज्यपाल ने पूछा– "मुझे सच बताओ वह कौन है जिसने दीवार के अन्दर सुरंग बनायी।"

एसिमोव ने एक नज़र रेबिन को देखा और कहा– "मैं नहीं बता सकता महामहिम। यह ईश्वर की इच्छा नहीं कि मैं बताऊँ आप मेरे साथ जो करना चाहें करें।"

राज्यपाल ने एक कोशिश और की लेकिन एसिमोव नहीं बोला और यह मसला बाद के लिए छोड़ दिया गया।

उस रात कोई चुपके से आया और ऐसिमोव के बिस्तर के पास घुटनों के बल बैठ गया। उसने अँधेरे में ही पहचान कर पूछा– ''यहाँ क्यों आये हो?'' रेबिन चुप था। ''चले जाओ यहाँ से या मैं किसी रक्षक को बुलाऊँ।'' ऐसिमोव बोला। रेबिन ऐसिमोव की ओर झुका और भुनभुनाया।

''इवान! मुझे माफी दे दो।''

''क्या? किस बात के लिए?'' ऐसिमोव ने पूछा।

''वह मैं था जिसने व्यापारी को मारा और चाक़ू तुम्हारे सामान में रख दिया। मैं तुम्हें भी मारना चाहता था लेकिन मुझे कुछ आवाज़ आयी और मैं खिड़की से भाग गया।'' ऐसिमोव क्या बोले उसे समझ नहीं आ रहा था। रेबिन बिस्तर से उतरकर ज़मीन पर बैठ गया। वह बोला– ''इवान भगवान के लिए मुझे माफ़ कर दो। मैं स्वीकार कर लूँगा कि मैंने व्यापारी को मारा है और तुम छूट जाओगे।''

''तुम्हारी वजह से मैंने 26 साल जो भोगा है वो!'' ऐसिमोव ने कहा– ''मेरी पत्नी मर गयी, मेरे बच्चे मुझे भूल गये, मुझे यहाँ से कहीं नहीं जाना...।''

रेबिन ने अपना सिर ज़मीन पर दे मारा और कहा– ''इवान! मुझे माफ़ कर दो।'' वह रो रहा था– ''जब उन्होंने मुझे पकड़ा तब भी इतना बुरा नहीं लगा, जितना कि अब लग रहा है तुम्हें देखकर। इसके बावजूद तुमने मुझ पर उपकार किया और नहीं बताया। प्रभु ईशु के लिए मुझे माफ़ कर दो, दोषी मैं हूँ!'' और वह रोने लगा, साथ ही ऐसिमोव भी रोने लगा।

''भगवान तुम्हें माफ़ कर देगा।'' उसने कहा– ''हो सकता है, मैं तुमसे सौ गुना ज़्यादा पापी हूँ।'' और इन शब्दों ने उसके दिल में उम्मीद की किरण जगा दी। उसे आशा थी कि वह छूटकर घर जायेगा उसे यह भी उम्मीद थी कि इवान के घर जाने का समय आ गया है। ऐसिमोव ने जो भी कहा था, रेबिन ने उसे स्वीकार कर लिया। वह दोषी सिद्ध हुआ लेकिन जब तक उसकी मुक्ति का आदेश आता, ऐसिमोव मर चुका था।

अनुवाद : मुकेश कुमार शुक्ल

मुज़रिम

●

एन्टन–चेखव

एक बेहद दुबला–पतला और नाटे क़द का किसान धारीदार सन की क़मीज़ और धब्बे लगे घुटन्ने में जाँच करने आए मजिस्ट्रेट के आगे खड़ा था। उसका चेहरा बढ़े हुए बालों और चेचक के दाग़ों से भरा था और उसकी रूठी हुई उदास आँखें घनी आगे को झूलती बरौनियों के बीच से मुश्किल से नज़र आ रही थीं। उलझे हुए अस्त–व्यस्त बाल जैसे उसके क्षुब्ध मकड़नुमा व्यक्तित्व को उजागर कर रहे थे। वह नंगे पैर खड़ा था।

मजिस्ट्रेट ने कार्यवाही शुरू करते हुए कहा– "डेनिस ग्रिगोरयेव! यहाँ आओ और मेरे प्रश्नों का जवाब दो। इस जुलाई महीने की सात तारीख़ को रेल–चौकीदार इवान सेमियोनोविच एकिनफोव ने रेल–पटरी के किनारे चलते हुए सुबह की गश्त के दौरान एक सौ इकतालीसवें मील के पत्थर के पास तुम्हें रेल की पटरी को स्लीपर से जोड़ने वाले नट को खोलते रंगे हाथों पकड़ा। ये वो नट है।... इसी नट के साथ उसने तुम्हें हवालात में रखा। क्या यह सही है?"

"क्या?"

"जो कुछ एकिनफोव कह रहा है, क्या यही पूरा सच है?"

"जी, ऐसा ही है।"

"बहुत ख़ूब; ठीक है पर तुम उस नट को क्यों खोल रहे थे?"

"क...या?"

"क्या–क्या करना छोड़ो और पूछे गये प्रश्न का जवाब दो; तुम उस नट को किसलिए खोल रहे थे?"

"अगर मुझे उसकी ज़रूरत नहीं होती तो मैं उसे खोलता ही क्यों?"

छत की ओर देखते हुए डेनिस ने टरटराते हुए कहा।

"तुम्हें उस नट की क्या ज़रूरत थी?"

"हम अपनी मछली पकड़ने की डोरी में इन नटों का इस्तेमाल वज़न के रूप में करते हैं।"

"हम"

"कौन?"

"हम लोग...क्लीमोव के किसान।"

"सुनो, अहमक, मुझे मूर्ख बनाने की कोशिश मत करो। होश में आओ और समझदारी से बातें करो। यहाँ पर वज़न के बहाने झूठी कहानियाँ मत सुनाओ।

"मैंने बचपन में भी कभी झूठ नहीं बोला, तो क्या अब मैं झूठ बोलूँगा?" डेनिस ने आँख मिचमिचाते हुए, कुड़बुड़ाते हुए कहा।

"लेकिन आप ही बताएँ हुज़ूर? क्या आप वज़न के बिना रह सकते हैं? यदि आप मछली के काँटे में ज़िन्दा चारा या मैगट्स का इस्तेमाल करेंगे, तो क्या वो वज़न के बिना तली तक जा पायेगा?...आप ही बतायें क्या मैं झूठ बोल रहा हूँ?" डेनिस ने खींसे निपोरते हुए कहा– कीड़ों को चारे की तरह इस्तेमाल करने का क्या फ़ायदा, अगर वह सतह पर ही तैरते रहें। आप जानते ही हैं कि कवई और ईल मछलियाँ हमेशा नदी की तलहटी पर ही रहती हैं। सतह पर तैरते चारे को सिर्फ़ शिलिस्पर ही खाती है और वह भी हमेशा नहीं और हमारी नदी में शिलिस्पर है भी नहीं उस मछली को बहुत-सी जगह चाहिए।"

"तुम मुझे शिलिस्पर के बारे में क्यों बता रहे हो?"

"क...या? क्यों? आप ही तो मुझसे पूछ रहे हैं। हमारे इलाक़े के भद्र लोग भी इसी तरह से मछली पकड़ते हैं। कोई मूर्ख पिद्दी लड़का भी वज़न के बिना मछली पकड़ने की कोशिश नहीं करेगा। हाँ, जो ये सब बिलकुल नहीं समझता, वही वज़न के बिना मछली पकड़ने की कोशिश कर सकता है। आख़िरकार मूर्खों के लिए कोई नियम नहीं होता।"

"तो तुम यह कहना चाहते हो कि तुमने इस नट को मछली पकड़ने की डोरी में वज़न की तरह इस्तेमाल करने के लिए खोला?"

"और किसलिए? मैं इसके साथ नकल बोन्स नहीं खेल रहा था।"

"...पर तुम सीसे, गोली या फिर किसी कील का भी उपयोग कर सकते थे...।"

''सीसा आपको सड़क पर पड़ा नहीं मिलता, ख़रीदना पड़ता है और कील किसी काम की नहीं होती। नट से बेहतर और कुछ नहीं होता...वह भारी होता है और उसमें छेद भी नहीं होता है।''

''यह आदमी मूर्ख बनने का नाटक कर रहा है, जैसे कि इसका जन्म कल ही हुआ हो या फिर इसे स्वर्ग से पृथ्वी पर फेंक दिया गया हो। क्या तुम्हारी समझ में कुछ नहीं आता? ऐ मन्दबुद्धि! क्या तुम नहीं जानते कि इन नटों को खोलने का क्या परिणाम होगा? अगर चौकीदार ने नहीं देखा होता तो ट्रेन पटरी से उतर जाती और अनेक लोग हताहत हो जाते। तुम लोगों को मार देते।''

''हे भगवान! माफ़ करें हुज़ूर! मैं भला उन्हें क्यों मारने लगा? क्या हम काफ़िर या पापी हैं? भगवान का लाख-लाख शुक्रिया, कि हम भले लोग हैं। हमने अपने पूरे जीवन में ऐसी भयानक चीज़ के बारे में तो कभी सपने में भी नहीं सोचा...हमें बचायें ईश्वर और हम पर दया करें, हे स्वर्ग की देवी!...ये सब आप क्या कह रहे हैं?

''और तुम्हें क्या लगता है, रेल दुर्घटनाएँ कैसे ओर क्योंकर होती हैं? दो या तीन नट-बोल्ट निकाल लो और एक हादसा तय है।''

डेनिस ने दाँत निपोरते हुए, अविश्वसनीय दृष्टि से मजिस्ट्रेट को देखा।

''कैसे? इस गाँव के लोग तो न जाने कितने बरसों से रेलवे लाइन के नट-बोल्ट खोल रहे हैं, और हम पर ईश्वर हमेशा मेहरबान रहे हैं; और आप दुर्घटना की बातें कर रहे हैं। लोगों को मारने की बातें कर रहे हैं। अगर मैं रेल की पटरी से किसी स्लीपर को उठाकर ले जाता या फिर लकड़ी का लट्ठा रेलवे लाइन पर रख देता तो फिर भी यह सम्भव है कि कोई हादसा हो जाता पर एक नट् ओफ्फ... सिर्फ़ एक नट!''

''पर तुम्हें समझना चाहिए कि ये नट ही रेल की पटरी को स्लीपर से जोड़कर रखते हैं।''

''हम समझते हैं... हम सभी नटों को कभी एक साथ नहीं खोलते...छोड़ देते है... हम ये सब बिना सोचे-समझे नहीं करते... हम समझते हैं।''

डेनिस ने जम्हाई लेते हुए क्रॉस का प्रतीक चिह्न बनाया।

''पिछले वर्ष यहाँ पर एक ट्रेन पटरी से उतर गयी थी'', मजिस्ट्रेट ने कहा-''अब मेरी समझ में आया कि ऐसा कैसे हुआ? क्यों हुआ?''

''आप क्या कह रहे हैं मेरे हुज़ूर, मेरे आक़ा?''

''मैं कह रहा हूँ कि अब मैं समझ सकता हूँ कि पिछले साल ट्रेन यहाँ पर कैसे पटरी से उतर गयी...मैं समझ सकता हूँ।''

''इसलिए तो आप पढ़े-लिखे भद्र लोग हैं, क्योंकि आप समझ सकते हैं। ईश्वर भी भली-भाँति जानते हैं कि किसे समझ दें...अभी-अभी आपने तर्क देकर समझाया कैसे और क्या, पर यह चौकीदार, वो भी तो हमारी तरह एक किसान है, उसे भी कोई समझ नहीं, क्या कोई किसी को इस तरह कॉलर से पकड़कर घसीटता है... पहले आपको समझना चाहिए और फिर पकड़कर ले जाना चाहिए।''

''ये भी लिखिए हुज़ूर माई बाप, कि उसने मुझे दो बार मारा– एक बार जबड़े पर और एक बार छाती पर हुज़ूर।''

''जब तुम्हारी झोंपड़ी की जाँच की गयी तो उन्हें एक दूसरा नट भी मिला ... तुमने उसे किस जगह से निकाला और कब?''

''आप उस नट की बात कर रहे हैं जो लाल बक्से के नीचे से मिला।''

''मुझे नहीं पता वह कहाँ मिला, सिर्फ़ इतना पता है कि वो तुम्हारे घर से मिला। तुमने उसे कब निकाला?''

''मैंने उसे नहीं निकाला। एक आँख वाले सेम्यायेन के बेटे इग्नाश्का ने उस नट को मुझे दिया। मेरा मतलब उस नट से है जो बक्से के नीचे से मिला पर वो जो आँगन में स्लेज में पड़ा मिला, उसे मैंने मित्रोफॉन के साथ मिलकर निकाला था।''

''मित्रोफॉन, कौन मित्रोफॉन?''

''मित्रोफॉन पेट्रोव...क्या आपने उसके बारे में कुछ भी नहीं सुना? वो हमारे गाँव में मछली पकड़ने के जाल बनाकर भद्र लोगों को बेचता है। उसे ऐसे नट-बोल्टों की बहुत ज़रूरत होती है। हिसाब लगाऊँ तो शायद एक जाल के लिए दस नटों की ज़रूरत पड़ती है।''

''सुनो, दण्ड अधिनियम (Penal Code) की धारा 1081 के अनुसार जानबूझकर रेलवे लाइन को क्षति पहुँचाने की कोई भी ऐसी कोशिश जिससे इस पटरी पर यातायात को कोई ख़तरा हो, और दोषी को जानकारी हो कि उसकी हरकत से हादसा हो सकता है...क्या तुम समझ रहे हो? जानकारी हो? और यह सम्भव नहीं कि तुम्हें नट को खोलते समय इस बात की जानकारी न हो कि ऐसा करने से क्या हो सकता है...ऐसा व्यक्ति दण्ड भोगने का अधिकारी है।''

''बिलकुल, आप बजा फ़रमा रहे हैं...हम तो अज्ञानी लोग हैं...हमें इन चीज़ों की क्या समझ...?''

"तुम्हें सब समझ है! तुम झूठ बोल रहे हो, नाटक कर रहे हो!"

"मैं क्यों झूठ बोलने लगा भला? अगर आपको मेरी बात पर यक़ीन नहीं तो गाँव में चलकर किसी से भी पूछ लें। वज़न के बिना आप सिर्फ़ ब्लीक को ही पकड़ सकते हैं, यहाँ तक कि गुडजिआँ जैसी बुरी मछली भी वज़न के बिना चारे पर नहीं झपटतीं।"

"अब तुम मुझे शिलिस्पर के बारे में बतलाओगे?" मजिस्ट्रेट ने मुस्कुराते हुए कहा।

हमारे इलाक़े में शिलिस्पर नहीं मिलती...हम कभी-कभी वज़न के बिना पानी की सतह पर तितली को हुक में लगाकर भी फेंकते हैं, इस तरह से मुलैट (Muelet) कभी-कभार हाथ आ जाती है पर ऐसा हमेशा नहीं होता।"

"चलो, अब चुप रहो।"

"ज़बान को लगाम दो।"

कुछ देर के लिए डेनिस कभी एक पैर पर खड़ा होता तो कभी दूसरे पर, तो कभी हरे कपड़े से ढकी मेज़ को आँखें मिचमिचाते हुए कुछ इस तरह देखता, जैसे उसके सामने कपड़ा नहीं सूरज हो। मजिस्ट्रेट तेज़ी से लिखने लगे।

लम्बी ख़ामोशी के बाद डेनिस ने पूछा– "क्या मैं जा सकता हूँ?"

डेनिस ने आँखें मिचकाना छोड़कर अपनी घनी बरौनियों को ऊपर उठाया और मजिस्ट्रेट की तरफ़ प्रश्नवाचक दृष्टि से देखने लगा।

"जेल जाना होगा, आपके कहने का क्या मतलब है हुज़ूर! मेरे पास बिलकुल समय नहीं है, मुझे मेले में जाना है और येगोर से तीन रूबल लेकर चर्बी लेनी है...।"

"चुप रहो। ख़ामोश! बीच में मत बोलो।"

"जेल जाना होगा...अगर कोई ऐसी बात होती तो मैं ज़रूर जेल जाता, पर बिना कुछ किये जेल जाऊँ! किसलिए? मैंने कुछ नहीं चुराया। मेरा मानना है कि मैं लड़ाई-झगड़ा भी नहीं करता...अगर आपको मेरे बकाया कर चुकाने के बारे में सन्देह है, हुज़ूर, तो आप मुखिया पर विश्वास न करें...आप दलाल से पूछें... मुखिया तो काफ़िर है, हुज़ूर..."

"चुप रहो।"

"मैं तो वैसे ही चुप हूँ हुज़ूर" डेनिस बुदबुदाया– "लेकिन मुखिया झूठ बोल रहा है, हम तीन भाई हैं, हुज़्मा ग्रिगोरयेव, फिर येगोर ग्रिगोरयेव और फिर मैं, डेनिस ग्रिगोरयेव।"

“तुम कार्यवाही में बाधा पहुँचा रहे हो...सुनो सेम्योन!” मजिस्ट्रेट ने ऊँची कड़क आवाज़ में कहा– “इसे ले जाओ।”

“हम तीन भाई हैं,” डेनिस बुदबुदाता रहा और दो भीमकाय जवान उसे उठाकर कमरे के बाहर ले गये।

एक भाई दूसरे भाई के द्वारा की गयी हरकत के लिए ज़िम्मेदार नहीं ठहराया जा सकता। हुज़मा अपने कर का भुगतान नहीं करता तो मुझे डेनिस को उसकी ग़लती का हिसाब देना होगा...जज साहब...सचमुच! हमारे मालिक हमारे जनरल साहब तो मर चुके हैं– ईश्वर उनकी आत्मा को शान्ति दे, वरना वे आप सभी जज साहेबान को बताते...आपको समझदारी से इंसाफ़ करना चाहिए, इस तरह बेतरतीबी से नहीं। आप कोड़े मारो...पर कोड़े उसी को मारो जिसने खता की हो, कोड़े ज़रूर मारो पर विवेक के साथ, ईमान के साथ।

अनुवाद : डॉ. आभा गुप्ता ठाकुर

चीज़ें

जियोवानी वेर्गा

लेंतीनि का मैदान मृत समुद्र की तरह शान्त और निर्जीव फैलाव में अपनी ख़ामोशी के साथ बिछा हुआ था।

रथ के घण्टे जब दूर-दूर तक फैले हुए देहात में बज रहे थे, एक यात्री समय बिताने के लिए पूछ रहा था। "यह ज़मीन किसकी है?"

जवाब हमेशा की तरह था- "यह ज़मीन माज़्ज़ारौ की है।"

गाँव जैसे बड़े एक फार्म के पास से गुज़रते हुए यात्री ने देखा कि कई मुर्गें छाया में बैठे हुए थे और कुछ काम करने वाली औरतें धूप से ओट करने के लिए अपने हाथों को भौंहों के ऊपर रख कौतूहल से उसे देख रही थीं।

यात्री ने उनसे पूछा- "यह ज़मीन किसकी है?"

और फिर जवाब था- "माज़्ज़ारौ की।"

यात्री फिर कुछ और चला। आगे जाने पर भीषण गर्मी से उसकी आँखें भिंचने लगीं और कुत्ते का भौंकना उसे डराने लगा। चलते-चलते वह अंगूर के एक बगीचे के नज़दीक पहुँच गया। दूर-दूर तक फैले हुए पहाड़ों और मैदानों पर जैसे गर्द की चादर बिछी हुई थी और एक चौकीदार अपनी टाँगों के बीच बन्दूक़ दबाये एक आँख खोलकर बोल रहा था- "माज़्ज़ारौ की।"

इसके बाद आया एक जैतून का बाग़। इतना घना जैसे ज़ंगल और जिसमें मार्च तक फ़सल भी कटने वाली थी। यह भी था, माज़्ज़ारौ का।

शाम के धुँधलके में जब सूरज आग के गोले में तब्दील हो अस्त हो रहा था, तब पूरे ग्रामीण अंचल पर उदासी फैल गयी थी।

दूर से नज़र आती थी माज़्ज़ारौ के खेत में हल से जोती हुई अनन्त पंक्तियाँ और थके हुए बैल, जो नदी के पानी में मुँह डाले उसे पार कर रहे थे और बहुत दूर चारागाहों में भेड़ों के रेवड़ ऐसे लग रहे थे, जैसे बड़े-बड़े सफ़ेद गोले।

सब कुछ माज़्ज़ारौ की सम्पत्ति प्रतीत होती थी, ऐसा लगता था कि सूरज भी उसकी सम्पत्ति थी और गाने वाले झींगुर भी, गाने वाले पक्षी भी, सीटी के जैसी आवाज़ करने वाले उल्लू भी...।

ऐसा प्रतीत होता था कि माज़्ज़ारौ ज़मीन पर दूर-दूर तक फैला हुआ था, इतना बड़ा जैसे पृथ्वी, और लोग उसके पेट पर चल रहे हों।

पर वास्तव में वह एक छोटा आदमी था, चौकीदार के अनुसार- ''आप उसे देखकर एक भी कौड़ी नहीं देंगे।''

सिर्फ़ उसका पेट मोटा था और किसी को भी कारण पता नहीं था क्योंकि वह बहुत थोड़ी-सी ब्रेड ही खाता था।

हालाँकि वह बहुत अमीर था, लेकिन उसका सिर एक हीरे की तरह चमकता था।

वास्तव में उसने अपने हीरे जैसे सिर के बल पर उन सब चीज़ों को जमा किया था।

जिस ज़मीन पर वह पहले सुबह से रात तक कुदाल चलाता था, कटाई-गुड़ाई करता था और फ़सल एकत्र करता था- गरमी में, बारिश में, हवा में, जूतों के बिना, कोट के बिना, और सब लोगों को याद था कि उन्होंने कितनी बार उसे लात मारी थी। लेकिन अब वे उससे आदर से बात करते थे, अपनी टोपी हाथ में लेकर।

फिर भी वह घमंडी नहीं था, अब भी जब आदरणीय लोग ऋणी के रूप में उसके पास आते थे। उसके लिए वे लोग सिर्फ़ असहाय थे और ऋण लौटाने में असमर्थ थे। आजकल भी वह टोपी पहनता था, शुरू में एक रेशमी टोपी लेकिन कुछ समय बाद एक फेल्ट की टोपी पहनने लगा क्योंकि वह सस्ती थी।

वहाँ की सब चीज़े उसकी थीं। जहाँ तक आँखें देख पाती थीं- चारों ओर, दायें से बायें, आगे और पीछे, पहाड़ों पर और मैदानों में सभी उसकी थीं। वह थोड़ी-सी ब्रेड और चीज़ खाता था, हमेशा तेज़ी से कभी-कभी वह अपने चर्च जैसे बड़े गोदामों के कोने में खड़ा होकर खा लेता था; इस बात से बेख़बर कि वहीं धूल भरे गोदामों में किसान बड़े-बड़े बोरे उतार रहे होते थे।

कभी-कभी जाड़े के दौरान जब ठण्डी हवा चल रही होती थी, वह एक पुआल के ढेर के पीछे भी खड़े होकर ब्रेड खा लेता था।

वह वाइन नहीं पीता था, धूम्रमान नहीं करता था और तम्बाकू का उपयोग भी नहीं करता था जबकि उसके खेत में बच्चों जितनी बड़ी तम्बाकू की पत्तियाँ उगती थीं।

उसको कोई ख़राब आदत नहीं थी, वह जुआ नहीं खेलता था और औरतों के पास जाने की आदत भी उसे नहीं थी।

उसके जीवन में एक ही औरत थी, उसकी माँ और उसके शरीर को क़ब्रिस्तान पहुँचाने के लिए उसने बहुत पैसा गँवाया था।

सच यह था कि वह हमेशा चीज़ों का अर्थ खोजता रहता था। विशेष रूप से जब वह जूते के बिना उस ज़मीन पर, जो आज उसकी थी, काम करता था।

वह जानता था कितना मुश्किल है जुलाई में चौदह घण्टे पीठ झुकाये काम करना, जब सुपरवाइजर क्षण भर के लिए रुकने पर लाठी बरसाता हो और यह सब थोड़े से पैसे के लिए।

इस वजह से वह हर पल चीज़ों को एकत्र करने में व्यस्त रहता था।

अब उसके पास हलों की संख्या नवम्बर के महीने में आने वाले कौओं से ज़्यादा थी। इसके अतिरिक्त उसके पास बीज लाने के लिए खच्चरों की लम्बी-लम्बी क़तारें थीं और अनगिनत औरतें कीचड़ में धँस जैतून चुनती थीं और असंख्य पक्षी जो जैतून चुराने के लिए आते थे।

फ़सल कटाई के समय उसके मज़दूरों की संख्या किसी सेना जितनी थी और सबको ख़ाना देने के लिए उसे पैसों से भरे बोरों की ज़रूरत थी।

सुबह वे ब्रेड और सन्तरा खाते थे और शाम को पास्ता खाते थे।

पास्ता इतना ज़्यादा होता था कि नाँद जैसे बड़े कटोरों में परोसा जाता था।

इसलिए जब कभी वह घोड़ों पर मज़दूरों को पीछे से हाँकता हुआ जाता था तो वह सबको कहता जाता था– 'झुको लड़कों झुको।'

अब वह अपना अधिकतर समय जेबों में हाथ डालकर ख़र्च करने में बिताता था। हर साल राजा को कर चुकाने की चिन्ता से उसे बुख़ार आ जाता था।

लेकिन हर साल उसकी फ़सलें इतनी ज़्यादा होती थीं कि उसके चर्च जैसे बड़े गोदामों में भी नहीं आ पाती थीं और उसे उन्हें रखने के लिए अपने गोदामों की छत खोलनी पड़ती थी।

जब वह वाइन बेचता था, उसको पैसे गिनने के लिए एक पूरा दिन चाहिए था। क्योंकि वह गन्दे काग़ज़ के रुपये लेना पसन्द नहीं करता था और सिक्के गिनने में ज़्यादा समय लगता था।

मेलों में उसके पशु पूरे मैदान में भर जाते और कभी-कभी सन्तों के जुलूस और बैंड को भी उसके पशुओं की वजह से रुकना पड़ता था।

उसने ये सब चीज़ें अपने दिमाग़ और हाथों की दक्षता से हासिल की थीं, इनको इकट्ठा करने के लिए उसने जी-तोड़ मेहनत की थी और कई रातों की नींद गँवाई थी।

सुबह से शाम तक, धूप और बारिश में उसने लगातार काम किया था और इस अनवरत की जाने वाली कड़ी मेहनत से उसके जूते और खच्चर भी छीज गये थे।

पर वह ख़ुद नहीं छीजता था क्योंकि वह अपनी चीज़ों के बारे में ही सोच रहा होता था। उसके पास चीज़ों के अतिरिक्त कुछ नहीं था, न बेटे, न भतीजे, न रिश्तेदार, उसके पास चीज़ें ही थीं।

जब कोई व्यक्ति ऐसा हो तो लगता है, जैसे उसका जीवन सिर्फ़ चीज़ों को इकट्ठा करने के लिए ही है।

ऐसा प्रतीत होता था कि चीज़ों को भी वह पसन्द था क्योंकि उसमें कोई चुम्बकीय आकर्षण था जो चीज़ों को उसकी तरफ़ खींचता था, शायद ऐसा इसलिए था कि वह चीज़ों की देखभाल करना जानता था।

माज़्ज़ारौ का पुराना मालिक उसके ठीक विपरीत था। वह, जिसने भूखे-नंगे माज़्ज़ारौ को सड़क से उठाया था और जो उन सब ज़मीनों, ज़ंगलों और पशुओं का मालिक था। लेकिन वह घोड़े के ऊपर सवार हो राजा की तरह चलता था और उसके मज़दूर उसके लिए ख़ाना भी बनाते थे।

कितना मूर्ख था वह!

जिसकी ज़िन्दगी के बारे में सब लोग जानते थे कि वह कब आता-जाता है। इसलिए उसके मज़दूरों की चोरी कभी पकड़ में नहीं आती थी।

''यह आदमी चाहता है कि लोग चोरी करते रहें!'' माज़्ज़ारौ सोचता था।

और जब मालिक उसको मारता था, वह मन-ही-मन सोचता था- 'मूर्ख कभी सफल नहीं होंगे।'

जिन लोगों के पास चीज़ें हैं, वह उनकी सम्पत्ति नहीं है बल्कि उन लोगों की है जो इन्हें कमाना जानते हैं।

अपने मालिक से अलग जब माज़्ज़ारौ ने चीज़ों का संग्रह किया, वह कभी ज़ाहिर नहीं करता था कि वह फ़सल की जाँच करने कब आयेगा।

वह अचानक आता था, पैदल या खच्चर पर और अपनी जेब में केवल एक ब्रेड का टुकड़ा रखता था।

वह फ़सल के पास ही अपनी टाँगों के बीच बन्दूक़ दबाकर सोता था। इस

तरह धीरे-धीरे पुराने मालिक की सब चीज़ें उसकी हो गयीं। पहले उसने पुराने मालिक को जैतून की फ़सल देने वाली ज़मीन से बेदखल कर दिया, फिर अंगूर के बगीचे से, फिर चारागाहों से, फिर गोदाम से और आख़िर में महल से भी।

ऐसा एक भी दिन नहीं हुआ जब माज़्ज़ारौ ने अपने मालिक से हस्तान्तरण के काग़ज़ों पर अपना + का चिह्न न लगवाया हो।[1]

उसके पुराने मालिक के पास अब सिर्फ़ एक पत्थर की ढाल बची थी जो उसके मुख्य दरवाज़े पर लगी थी और जो कि वह बेचना नहीं चाहता था।

उसने माज़्ज़ारौ से कहा- "मेरी सब चीज़ों मे से सिर्फ़ यह ढाल तुम्हारे लिए नहीं है।"

और यह सच भी था क्योंकि वह ढाल माज़्ज़ारौ के किसी काम की नहीं थी और माज़्ज़ारौ उसके लिए एक कौड़ी भी ख़र्च नहीं करना चाहता था।

अब तक पुराना मालिक उससे मालिक की तरह ही बात करता था लेकिन अब वह उसको लात नहीं मारता था।

"माज़्ज़ारौ के जैसा भाग्यशाली होना अच्छी बात है।" ऐसा लोग कहते थे।

लेकिन लोग यह नहीं जानते थे कि उसने इस सौभाग्य को प्राप्त करने के लिए कितनी कड़ी मेहनत की थी।

कितने विचार, कितना प्रयास, कितने झूठ और कितने जोखिम उसने उठाये थे। वह जेल जाने से बचा था और अपने हीरे जैसे चमकते सिर के साथ दिन-रात मेहनत करता रहा था और यह सब इन चीज़ों को इकट्ठा करने के लिए।

यदि किसी पानी के स्रोत का मालिक माज़्ज़ारौ को अपना स्रोत बेचना नहीं चाहता था, तो किसानों के सन्देही स्वभाव के बावजूद माज़्ज़ारौ उसको धोखा देकर पानी का स्रोत हासिल करने की तरकीब ढूँढ़ लेता था।

उदाहरण के लिए, वह उस ज़मीन की भी प्रंशसा करता था जिसमें दाल भी नहीं उगती और ठगे हुए किसान सोचते थे कि वह बहुत अच्छी ज़मीन है।

ऐसा करके वह किसान को उकसाता था और अन्ततः किसान न केवल उसे अपनी ज़मीन किराये पर देता था बल्कि अपनी ज़मीन, पानी का स्रोत और घर तक बेचने के लिए तैयार हो जाता था, और माज़्ज़ारौ वह सब बहुत सस्ते में ख़रीद लेता था।

बेचारा, कितने कष्ट सहता था!

कभी-कभी बटाइदार ख़राब फ़सल की शिकायत करने के लिए आते थे और

---

1. टिप्पणी-इटली में अनपढ़ लोग अँगूठा नहीं लगाते पर + का चिन्ह लगाते हैं।

ऋणियों की पत्नियाँ उससे अपने खच्चर और गधे लेने के लिए अनुनय-विनय करती थीं क्योंकि उनके घर में ख़ाने के लिए कुछ नहीं था।

"क्या आप देखते नहीं कि मैं क्या खाता हूँ? उसका जवाब था- ब्रेड और प्याज़! यद्यपि मेरे गोदाम भरे हैं और मैं इन सब चीज़ों का मालिक हूँ।"

जब कोई उसकी एकत्रित चीज़ों में से एक मुट्ठी दाल माँगता था तो वह कहता था- "क्या आप सोचते हैं कि मैं दाल चोरी करता हूँ? क्या आप लोग जानते हैं उसको बोना, कुदाल चलाना और इकट्ठा करना कितना महँगा है?"

यदि कोई व्यक्ति उससे पैसा माँगता था, उसका जवाब था कि उसके पास पैसा नहीं है। और यह सच भी था क्योंकि उसकी जेबें हमेशा ख़ाली होती थीं, यद्यपि धन का आना-जाना नदी के प्रवाह की तरह हमेशा बना रहता था।

वास्तव में उसके लिए पैसे का कोई अर्थ नही था, क्योंकि पैसे चीज़ें नहीं थे।

और जब भी उसके पास कुछ पैसे इकट्ठे हो जाते, वह तुरन्त कुछ ज़मीन ख़रीदने के लिए उन पैसों का उपयोग करता था।

वह राजा से ज़्यादा ज़मीन का मालिक बनना चाहता था क्योंकि न तो राजा यह कह सकता है कि ज़मीन उसकी निजी सम्पत्ति है और न ही उसे बेच सकता है।

उम्र के बढ़ने के साथ एक ही विचार उसे खाये जा रहा था कि देर-सवेर उसे अपनी चीज़ें छोड़नी होंगी।

यह भगवान का कैसा न्याय है! उसने अपनी पूरी ज़िन्दगी लगाकर जिन चीज़ों को एकत्र किया, वह एक दिन उसे छोड़नी होंगी।

इसलिए वह घण्टों अपनी ठुड्डी पर हाथ रखकर सोचता और उस ज़मीन को जी भरकर निहारता जो उसकी आँखों के सामने ही फ़सलों के उगने से खेतों में तब्दील हो गयी थी और हवा चलने पर हरे समुद्र के अन्तहीन प्रसार जैसी लगती थी।

वह उन जैतून के पेड़ों को देखता जो कि घने कुहरे की तरह पहाड़ों को ढके हुए थे और जब कोई लड़का अपने बोझ से खच्चर की तरह झुका हुआ उसके सामने से गुज़रता था, तब वह अपनी लाठी ईर्ष्या से उसकी टाँगों के बीच फेंकता था और बड़बड़ाते हुए कहता था- "देखो! किसके सामने दूर-दूर तक फैला भविष्य है, वो जिसके पास कुछ भी नहीं है।"

मृत्यु के बोध ने उसे इतना परेशान कर दिया कि जब कोई उसे अपनी चीज़ों को छोड़कर आत्मा के बारे में सोचने को कहता तो वह पागलों की तरह आँगन में जाकर लाठी से अपनी बत्तख़ों और पीरूओं को मारने लगता और चिल्लाकर कहता- "मेरी चीज़ों, मेरे साथ आओ।"

अनुवाद : ऑस्कर सल्वाडोर

दहेज

●

गी दी मोपासाँ

एडवोकेट सिमों लब्रुमाँ और कुमारी जॉन कोर्डये की शादी किसी के लिए आश्चर्य का विषय नहीं थी। एडवोकेट लब्रुमाँ ने एडवोकेट पापियों की प्रैक्टिस को ख़रीद लिया था और यह स्वाभाविक ही था कि उन्हें इसके लिए पैसों की ज़रूरत थी और कुमारी जॉन कोर्डये के पास तीन लाख फ्रांसीसी फ्रैंक थे।

एडवोकेट लब्रुमाँ सुन्दर आदमी थे। वह फ़ैशनेबल थे, पर कुछ गँवारू भी लेकिन फिर भी वे फैशनेबल थे। यह बात बुतिणी–ल–रबुर शहर में दुर्लभ थी। कुमारी कोर्डये आकर्षक और प्यारी थी, थोड़ी–सी अलग लेकिन फिर भी एक सुन्दर और कमनीय लड़की।

शादी के समारोह ने पूरे बुतिणी शहर को मतवाला कर दिया था। सब लोगों ने इस युगल जोड़े की प्रशंसा की जो अपने वैवाहिक जीवन के आनन्द को प्राप्त करने के लिए जल्दी घर वापस लौट आया था। उन्होंने यह तय किया था कि कुछ समय एकान्त में व्यतीत करने के बाद वे सिर्फ़ एक छोटी–सी यात्रा पर पेरिस जायेंगे।

यह एकान्त भेंट आनन्ददायक थी, एडवोकेट लब्रुमाँ ने सिर्फ़ अपने कोमल स्वाभाव की झलक दिखाई थी। उसका आदर्श वाक्य था कि "जो इन्तज़ार करता है, उसको सब मिलता है।" वह जानते थे कि एक ही समय में कैसे व्यक्ति धैर्य के साथ ऊर्जा से भरपूर हो सकता है। उनकी सफलता तात्कालिक और पूर्ण थी।

चार दिनों के ब़ाद ही श्रीमती लब्रुमाँ अपने पति को बहुत प्रेम करने लगी। वह उनके बिना नहीं रह सकती थी। वह उनकी गोद में बैठकर उनके कान पकड़कर कहती : अपना मुँह खोलिए और अपनी आँखें बन्द कीजिए। एडवोकेट लब्रुमाँ

अपना मुँह खोलकर और अपनी आधी आँखें बन्द कर अपनी पत्नी की अँगुलियों को काटने की कोशिश करते थे। जब वह उनके दाँतों के बीच में कुछ ख़ाना खिला रही होती थी, तब श्रीमती लब्रुमाँ अपने पति को लम्बे समय के लिए एक मधुर चुम्बन देती थी, जिसका अहसास उनके दिलो-दिमाग़ में एक ठण्डक पहुँचाता था। तब वह अपनी पत्नी को सुबह से शाम तक और शाम से सुबह तक प्यार से स्पर्श करते थे।

जब पहला हफ़्ता ख़त्म हुआ तो उन्होंने अपनी युवा पत्नी से कहा :

''अगर तुम चाहती हो तो हम अगले मंगलवार को पेरिस चलें, फिर हम वहाँ दो प्रेमियों की तरह होंगे। हम रेस्त्राँ, थिएटर, संगीत समारोह में, हर जगह साथ जायेंगे।''

सुनकर वह मोर की तरह नाचने लगी-

''ओ! वाकई, जल्द-से-जल्द चलें।''

वह बोलते रहे-

''और क्योंकि मैं कुछ भी भूलना नहीं चाहता, अपने पिताजी से कहो कि वे दहेज तैयार रखें; मैं इस यात्रा के दौरान एडवोकेट पापियों को पैसा दे दूँगा।''

पत्नी ने उत्तर दिया-

''ठीक है, मैं कल सुबह उनसे कह दूँगी।''

और उन्होंने अपनी पत्नी को पिछले हफ़्ते साथ बिताये हुए उन मीठे पलों की यादों को तरोताज़ा करने के लिए एक बार फिर अपनी बाँहों में भर लिया।

अगले मंगलवार को एडवोकेट लब्रुमाँ के सास और ससुर अपनी बेटी और अपने जमाई को छोड़ने के लिए स्टेशन गये। ससुर ने कहा-

''मेरे ख़याल से इस छोटे बैग में इतने पैसे ले जाना बुद्धिमानी नहीं है।'' यह सुनकर जवान एडवोकेट मुस्कुराने लगे-

''चिन्ता मत कीजिए, मैं इन चीज़ों का आदी हूँ। आप समझ सकते हैं कि मेरे पेशे में यह कोई ख़ास बात नहीं है। कभी-कभी मेरे पास लगभग दस लाख फ्रैंक होते हैं। इस तरह हम लाल फीताशाही की वजह से होने वाली देरी से बच जायेंगे। चिन्ता मत कीजिए।''

ट्रेन का कंडक्टर चिल्लाकर बोल रहा था-

''पेरिस जाने वाले सभी यात्री सफर के लिए तैयार हो जायें।''

वे हड़बड़ाते हुए कार में घुस गये, जहाँ दो बूढ़ी औरतें बैठी हुई थीं। लब्रुमाँ ने अपनी पत्नी के कानों में फुसफुसाते हुए कहा-

''इतनी ज़हमत! मैं सिगार नहीं पी सकूँगा।''

वह धीमे से बोली–

"इनका यहाँ होना मुझे भी परेशान कर रहा है, लेकिन आपकी सिगार के कारण नहीं।"

सीटी बजी और रेलगाड़ी चल पड़ी। इस यात्रा में एक घण्टा लगा। इस दौरान उन दोनों ने एक-दूसरे से बहुत कम बात की, क्योंकि वे दो औरतें पूरे सफ़र में नहीं सोयीं।

ज्यों ही वे सें-लाज़ार स्टेशन पर पहुँचे, तो एडवोकेट लब्रुमाँ ने अपनी पत्नी से कहा–

"प्रिये! हम पहले बुलवार्ड पर कुछ ख़ाना खा लेते हैं, फिर हम आराम से वापस स्टेशन आकर सामान लेकर होटल जायेंगे।"

श्रीमती लब्रुमाँ ने इस प्रस्ताव को तुरन्त स्वीकृति दे दी।

"जी हाँ! रेस्त्राँ चलते हैं। क्या वह दूर है?"

एडवोकेट लब्रुमाँ ने उत्तर दिया–

"हाँ, काफ़ी दूर है लेकिन हम बस से जायेंगे।"

वह हैरान थी, उन्होंने पूछा–

"क्यों हम किराये की कार से नहीं जा सकते?"

उन्होंने खीज भरी मुस्कुराहट के साथ पत्नी को डपटा–

"तुम ऐसे किफ़ायत करती हो? एक किराये की कार छह सैंट का झूला सिर्फ़ पाँच मिनट की ख़ुशी के लिए! क्या तुमने अपने आपको किसी भी चीज़ से वंचित रखना नहीं सीखा?"

"आप बिलकुल सही हैं।" वह शर्माते हुए बोली।

एक बड़ी गाड़ी, जिसको तीन बड़े घोड़े खींच रहे थे, गुज़र रही थी। लब्रुमाँ ने उसे बुलाया–

"भैया! भैया!"

वह बड़ी गाड़ी रुक गयी और जवान एडवोकेट ने अपनी पत्नी को ठेलते हुए जल्दी से कहा–

"अन्दर जाओ; मैं ऊपर जा रहा हूँ जिससे मैं भोजन के पहले कम-से-कम एक सिगरेट पी पाऊँ।"

पत्नी के पास उत्तर देने के लिए समय नहीं था। बस कंडक्टर ने उसकी बाँह पकड़कर उसे अन्दर खींच लिया और वह हक्की-बक्की एक कुर्सी पर गिर गयी। उसने खिड़की से अपने पति के पैर देखे, जो ऊपर जा रहे थे।

वह सहमी-सी, एक मोटे आदमी (जो तम्बाकू की तरह महकता था) और एक बूढ़ी औरत (जो लहसुन की तरह महकती थी) के बीच में बैठी हुई थी।

सभी दूसरे यात्री चुपचाप पंक्ति में बैठे हुए थे। इनमें एक विक्रेता, एक जवान लड़की, एक सैनिक, एक सज्जन, (जो सोने के फ्रेम वाले चश्मा लगाये हुए थे और एक बड़ी टोपी पहने थे), दो आत्म-सन्तुष्ट और चिड़चिड़ी औरतें थीं जिनको देखकर लगता था कि वे अभी बोल पड़ेंगी : "हम इस गाड़ी में चलते हैं लेकिन हमको ऐसी गाड़ी नहीं चाहिए।" इसी गाड़ी में दो नन और एक डोम भी था। सभी कॉमेडी के कार्टून लगते थे।

उनके सिर वैगन के हिचकोलों के कारण हिल रहे थे और चक्कों के कम्पन के कारण सब लोग विस्मित-से बैठे थे– लगता था कि सब लोग सो रहे हैं।

युवती अचल रही। 'वह मेरे साथ अन्दर क्यों नही आये?' वह अपने आप से बात करती हुई बड़बड़ा रही थी। उसका दिल असीम दुख से भर गया। उनको ऐसा नहीं करना चाहिए था, वह सोच रही थी।

नन ने कंडक्टर को रुकने का इशारा किया और वे एक-एक करके कपूर की गन्ध से सभी यात्रियों को सराबोर करती हुई उतर गयीं। बस चल पड़ी और फिर कुछ आगे बढ़कर रुक गयी। एक लाल चेहरे वाली बावर्चिन हाँफती हुई अन्दर आयी। वह बैठ गयी और उसने अपने खाने-पीने के सामान का टोकरा गोद में रख लिया। पूरी बस में सड़े हुए पानी की बदबू फैल गयी।

डोम बस से उतर गया और एक गोरा ड्राइवर पूरे अस्तबल की गन्ध के साथ अन्दर आया। जवान लड़की उतर गयी और एक ऐसा सन्देशवाहक अन्दर आया जिसके पैर हमेशा चलते हुए दिखते।

एडवोकेट की पत्नी असहज होने लगी और मिचली के कारण बीमार दिखने लगी। वह धीरे-धीरे बेचैन होने लगी और बिना कारण जाने रोने लगी। दूसरे लोग उतरे और कई लोग अन्दर आये। यह सब काफ़ी देर तक होता रहा। गाड़ी का स्टेशन पर रुकना, फिर चलना, रुकना और फिर चलना।

'कितनी दूर है वह जगह?' जॉन ने सोचा– 'उम्मीद करती हूँ कि वे जाग रहे होंगे। वे कुछ दिनों से बहुत थके लग रहे हैं।'

धीरे-धीरे एक-एक कर सभी यात्री चले गये। वह अकेली रह गयी, नितान्त अकेली।

कंडक्टर चिल्लाया– "वोजिरार!"

उसने देखा कि वह नहीं उठी, तो उसने दूसरी बार कहा– "वोजिरार!"

उसने उसे देखा और समझ लिया कि वह उससे ही कह रहा था। तीसरी बार कंडक्टर ने कहा– "वोजिरार!"

तो उसने पूछा–

"हम कहाँ है?"

उसने कठोरता से उत्तर दिया–

"हम वोजिरार में हैं, मैं कब से यही बात दोहरा रहा हूँ!"

"क्या यह बुलवार्ड से दूर है?" जॉन ने कहा।

"कौन-सा बुलवार्ड?"

"इतालवी बुलवार्ड।"

"हम बहुत समय पहले वहाँ से गुज़र चुके हैं।"

"क्या आप मेरे पति को यह बता देंगे?

"आपके पति? कहाँ हैं?"

"बस की छत पर।"

"छत पर! बहुत समय से कोई ऊपर नहीं है।"

वह आतंकित सी लगीं। सुनकर उसे चक्कर आने लगा।

"क्या? यह असम्भव है! वे मेरे साथ आये थे। अच्छी तरह देखिए। उनको ऊपर होना चाहिए।"

कंडक्टर ने भद्दा जवाब दिया–

"ऐ छोटी गुड़िया! तुम बहुत बक-बक कर चुकी! हर खोए हुए आदमी के लिए तुम्हें दस आदमी मिल सकते हैं। चलो उतरो। तुम्हें किसी जगह पर कोई दूसरा आदमी मिल जायेगा।"

उसकी आँखों में पानी भर गया और वह फिर बोली–

"लेकिन आपसे ग़लती हुई है। मैं आपको पक्का विश्वास दिलाती हूँ कि आप ग़लत है। वे अपने साथ एक बड़ा बैग लिये हुए थे।

वह आदमी ज़ोर से हँसा–

"एक बड़ा बैग हा! हा! वे मादलैन पर उतर गये। उन्होंने तुमको छोड़ दिया। ठीक किया। हा! हा-हा!"

बस रुक चुकी थी। वह उतरी और उसने सहज-ज्ञान से बस की छत की तरफ़ देखा। वह बिलकुल ख़ाली थी।

तब वह रोने लगी बिना यह सोचे कि वह सार्वजनिक जगह पर खड़ी थी, जहाँ दूसरे लोग देख और सुन सकते थे। वह बोली–

“अब मेरा क्या होगा?”

एक इंस्पेक्टर उसके पास आया–

“क्या हुआ मैडम?”

कंडक्टर ने मज़ाक़िया लहजे में उत्तर दिया–

“सिर्फ़ एक ऐसी औरत जिसको उसके पति ने यात्रा के दौरान छोड़ दिया।”

इंस्पेक्टर लगातार बोलता रहा–

“कोई बात नहीं, अपना काम करो। यह सुनकर वह मुड़कर चला गया।

वे सीधे चलने लगी। वह पूरी तरह निढाल, हक्की-बक्की और विभ्रम का शिकार लग रही थी। वह लगातार अपनी धुन में चली जा रही थीं– इस बात से बेख़बर कि उन्हें कहाँ जाना है? क्या करना है और उनके पति अचानक कहाँ ग़ायब हो गये? उन्हें समझ नहीं आ रहा था कि उनके पति ऐसी ग़लती कैसे कर सकते थे? वह तो इतने भुलक्कड़ नहीं थे? वह उन्हें कैसे भूल सकते थे?

उनकी जेब में बस दो फ्रैंक थे। वह किसके घर जा सकती थी? अचानक ही उन्हें अपने चचेरे भाई अनरी बराल की याद आयी जो नौसेना के मन्त्रालय में कार्यरत थे।

उनके पास सिर्फ़ किराये के पैसे थे। वह अपने चचेरे भाई के घर चल पड़ी। वे दफ़्तर जानेवाले थे, उनसे मिले। वे भी लब्रुमाँ की तरह एक बड़ा बैग लिये हुए थे।

वह किराये की कार से तुरन्त कूद पड़ी।

“अनरी!” वह चिल्लायी।

वे विस्मित होकर, रुक गये।

“जॉन! आप यहाँ! अकेली। आप क्या कर रही हैं? कहाँ से आयी है?”

आँखों में आँसू भरे हुए वह बोली–

“मेरे पति खो गये हैं।”

“खो गये? कहाँ?”

“बस में।”

“बस में?”

उसने रोते-रोते, अपनी कहानी बतायी।

अनरी ने सब सुना, सोचा और तब पूछा–

“वह सुबह ठीक थे?”

“जी हाँ।”

“अच्छा उनके पास काफ़ी धन था?”

"जी, वे मेरा दहेज लिये हुए थे।"

"आपका दहेज! पूरा?"

"जी पूरा। उन्होंने एक प्रैक्टिस ख़रीद ली थी और वह उसका मूल्य चुकाना चाहते थे।"

"अरे! मेरी प्यारी बहन! अब तक तो तुम्हारे पति बेल्जियम रवाना हो चुके होंगे।"

जॉन की समझ में कुछ भी नहीं आ रहा था, वह लगातार बड़बड़ा रही थी– "मेरे पति, आप बोल रहे हैं कि..."

"हाँ मैं बोल रहा हूँ कि आपके पति आपके पैसे के साथ भाग गये। बस, यही सच है।"

"तो वे...वे कमीने हैं!"

जॉन का कंठ अवरुद्ध हो चुका था, भावनाओं का सैलाब उमड़ रहा था और वह अपना सिर अपने भाई के कन्धों पर रख सुबकने लगी।

लोग उन्हें देख रहे थे। अतः अनरी ने उसे अपने घर के अन्दर किया और सहारा देकर सीढ़ियों से ऊपर ले गये। उनकी नौकरानी ने दरवाज़ा खोला। उसकी हैरानी को अनदेखा कर उन्होंने कहा–

"सोफ़ी, रेस्त्राँ दौड़कर जाओ और दो लोगों के लिए खाना ख़रीद लाओ। मैं आज दफ़्तर नहीं जाऊँगा।"

अनुवाद : केरेन थिबॉल्ट

तोशिशुन

●

र्यूनोसोके अकूतमावा

बसन्त की एक सुनहरी साँझ। एक युवक चीन की राजधानी लूयाँग के पश्चिमी द्वार के नीचे खड़ा होकर आकाश को देख रहा था। उसका नाम तोशिशुन था। वह कभी धनवान व्यक्ति का बेटा था, पर उसने अपने पिता की सम्पत्ति का उपभोग कर उसे समाप्त कर दिया था। इसलिए अब उसके पास सिर्फ़ इतना ही पैसा था कि वह जैसे-तैसे आज को कल और कल को परसों तक खींच सके।

उस समय लूयाँग दुनिया का सबसे अद्‌भुत शहर था। रास्ता हमेशा लोगों और गाड़ियों से भरा रहता था, उनके पास जाली वाली टोपियाँ, बहुमूल्य झुमके और शानदार घोड़े आदि थे। ऐसा प्रतीत होता था मानो वह शहर और वहाँ के लोग किसी तस्वीर का सुन्दर हिस्सा हों।

लेकिन तोशिशुन के लिए यह सौन्दर्य अर्थहीन था। इसलिए वह दीवार के सहारे खड़ा होकर सफ़ेद चाँद की गोलाई को देख रहा था।

तोशिशुन ने स्वयं से कहा– 'सूरज डूब रहा है, मुझे भूख लगी है। सोने के लिए कोई ठिकाना नहीं। अगर यही ज़िन्दगी है तो क्यों न मैं नदी में कूदकर अपनी जान दे दूँ।'

तभी अचानक कहीं से एक काना बूढ़ा आदमी तोशिशुन के सामने आया। वह धूप सेंक रहा था और उसकी विशाल छाया लूयाँग के पश्चिमी द्वार तक पहुँच रही थी।

उसने तोशिशुन को देखते ही कहा– “क्या सोच रहे हो तुम?”

तोशिशुन ने जवाब दिया– “मैं सोच रहा हूँ कि मेरे पास कुछ भी नहीं, अब मैं क्या करूँ?” बूढ़े के सवाल ने तोशिशुन को चौंका दिया था, इसलिए तोशिशुन ने बिना सोचे सच कह दिया।

“अच्छा? यह तो बुरी बात है।” बूढ़े आदमी ने कहा। फिर थोड़ी देर बाद उस बूढ़े आदमी ने कुछ सोचकर ऊँगली से डूबते हुए सूरज की धूप की तरफ़ इशारा करते हुए कहा– “चलो, मैं तुम्हें एक ख़ुशख़बरी सुनाऊँ। तुम इस डूबते हुए सूरज की धूप में खड़े हो जाओ और जहाँ तुम्हारे सिर की परछाई पड़े, आधी रात के बाद वहीं ख़ुदाई करो। तुम्हें इतना स्वर्ण मिल जायेगा कि तुम उस सोने से पूरी एक गाड़ी भर सकते हो।”

तोशिशुन ने आश्चर्यचकित होकर कहा– “सचमुच?” ऐसा कहते हुए जब उसने ऊपर की ओर नज़र उठाकर देखा, तब तक वह बूढ़ा आदमी ग़ायब हो चुका था। आसमान पर दिख रहा था पहले से और भी सफ़ेद हुआ चाँद और दो-तीन चमगादड़ जो काफ़ी नीचे उड़ रहे थे।

उसी दिन तोशिशुन लूयाँग का सबसे धनी व्यक्ति बन गया। जैसा उस बूढ़े ने कहा था, वैसा ही हुआ। डूबते हुए सूरज की धूप में खड़े होकर तोशिशुन ने अपने सिर की परछाई की जगह आधी रात को ख़ुदाई की तो उसे काफ़ी स्वर्ण मिला।

उसने तुरन्त मकान ख़रीदा और विलासी जीवन बिताने लगा।

तोशिशुन के अमीर होने की बात फैलने पर उसके सारे दोस्तों का व्यवहार बदल गया। जब वह ग़रीब था, तब वे लोग उससे बात भी नहीं करते थे। लेकिन अब उसके अमीर होने पर वे लोग सुबह-शाम उससे मिलने आने लगे।

हर आने वाले दिन के साथ तोशिशुन के घर पर लोगों का आना-जाना बढ़ता गया और एक दिन ऐसा भी आया जब लूयाँग की सभी मशहूर हस्तियाँ उसके घर आ चुकी थीं। रोज़ दावतें चल रही थीं और हर दावत इतनी शानदार थी कि लूयाँग के लोगों के लिए बिलकुल अद्‌भुत थी।

लेकिन आप कितना भी धनवान हों, एक दिन ऐसा अवश्य आता है जब सारा धन ख़त्म हो जाता है और ख़र्च करने के लिए कुछ भी नहीं बचता। साल-पर-साल बीतने लगे और तोशिशुन ग़रीब और ज़्यादा ग़रीब होता गया। उसके दोस्तों का व्यवहार फिर धीरे-धीरे बदलने लगा। जो कल तक रोज़ आते थे, आज वह तोशिशुन के घर के द्वार से गुज़रने पर भी बात नहीं करते।

आख़िर तीसरे साल के बसन्त तक तोशिशुन के सभी पैसे ख़त्म हो गये और

वह फिर कंगाल हो गया। अब लूयाँग में तोशिशुन को सोने की जगह देने वाला कोई नहीं था। इससे भी बुरा यह था कि कोई उसे एक गिलास पानी के लिए भी नहीं पूछता था।

एक दिन शाम को तोशिशुन फिर उसी पश्चिमी द्वार के नीचे खड़ा होकर आसमान की ओर देख रहा था। और फिर अचानक वही पुराना काना बूढ़ा उसके सामने आकर खड़ा हो गया और पूछने लगा– "तुम क्या सोच रहे हो?"

तोशिशुन ने बूढ़े का चेहरा देखा और शर्मिन्दगी से मुँह नीचे करके थोड़ी देर तक चुपचाप बैठा रहा। पर बूढ़े की सदाशयता में कोई कमी नज़र नहीं आयी, इसलिए तोशिशुन ने पहले की ही तरह कहा– "मैं सोच रहा हूँ कि मेरे पास सोने के लिए कोई जगह नहीं है, अब मैं क्या करूँ?"

बूढ़े ने कहा– "अच्छा, यह तो बुरी बात है। चलो, मैं तुम्हें एक ख़ुशख़बरी सुनाऊँ। तुम इस डूबते हुए सूरज की धूप में खड़े हो जाओ और जहाँ तुम्हारी छाती की परछाई पड़े, आधी रात के बाद वहीं ख़ुदाई करो। तुम्हें इतना स्वर्ण मिल जायेगा कि तुम उस सोने से पूरी एक गाड़ी भर सकते हो।"

यह बताते ही बूढ़ा फिर से ग़ायब हो गया।

दूसरे दिन फिर तोशिशुन लूयाँग का सबसे मालामाल व्यक्ति हो गया और फिर वैसा ही विलासी जीवन बिताने लगा। सब कुछ पहले जैसा हो गया था।

पहले जो हुआ था, बिलकुल वैसा ही दोबारा हुआ और एक बार फिर तोशिशुन ने ज़मीन खोदने से मिले सारे पैसे तीन साल में ख़र्च कर दिये।

"क्या सोच रहे हो तुम?"

फिर काने बूढ़े ने तीसरी बार तोशिशुन से वही सवाल पूछा। इस बार भी तोशिशुन पहले की तरह पश्चिमी द्वार पर खड़ा होकर आसमान के चाँद को देख रहा था।

"मैं सोच रहा हूँ कि सोने के लिए भी जगह नहीं है। अब मैं क्या करूँ?"

"अच्छा, यह तो बुरी बात है। चलो, मैं एक ख़ुशख़बरी सुनाता हूँ। इस डूबते सूरज की धूप में खड़े हो जाओ और जहाँ तुम्हारे पेट की परछाई पड़े, वहीं आधी रात के बाद ख़ुदाई करो। तुम्हें इतना स्वर्ण मिल जायेगा कि तुम उस सोने से पूरी एक गाड़ी..."

जब बूढ़ा यह बोल रहा था, तब अचानक तोशिशुन ने हाथ ऊपर उठाकर बूढ़े की बात को बीच में ही काट दिया। "नहीं, मुझे अब और पैसा नहीं चाहिए।" तोशिशुन ने कहा।

"तुम्हें और पैसा नहीं चाहिए? ठीक है, तो विलासिता से ऊब गये हो, मैं समझ गया।" बूढ़ा सवालिया निगाहों से उसके चेहरे को देखते हुए बोल रहा था।

"विलासिता से ऊब गया?" तोशिशुन ने कहा– "नहीं, ऐसा नहीं है कि मैं लोगों से ऊब गया हूँ।" तोशिशुन ने रुखाई से जवाब दिया। "दुनिया के लोगों के पास भावना नहीं है, सच्ची भावना। जब मेरे पास पैसा होता है तो वे दयालु हो जाते हैं, मेरे साथ हँसते हैं, मुस्कुराते हैं। लेकिन जब मैं ग़रीब हो जाता हूँ, तब मुझे देखते भी नहीं। तो कौन अमीर बनना चाहेगा?"

जब बूढ़े ने यह सुना, तब वह दाँत निपोरते हुए हँसने लगा– "अच्छा। हाँ तुम दूसरे युवाओं की तरह नहीं हो, तुमने जल्दी सीख लिया। तो अब तुम ग़रीब होने पर भी ख़ुश रह सकते हो।"

तोशिशुन ने झिझकते हुए कहा– "ग़रीबी और ख़ुशी दोनों एक साथ, मेरे लिए असम्भव हैं। इसलिए मैं आपका शिष्य बनना चाहता हूँ। आप बड़े मायावी हैं, है न? सिर्फ़ कोई जादूगर ही एक रात में मुझे लूयाँग का सबसे धनवान व्यक्ति बना सकता है। कृपा करके मुझे अपना शिष्य बना लीजिए। मुझे मायावी बनने का रास्ता दिखा दीजिए।"

बूढ़ा नाक-भौं सिकोड़ते हुए चुप होकर कुछ सोच रहा था। थोड़ी देर बाद बूढ़े ने हँसकर कहा– "तुमने सही कहा। मैं गैबिसन पहाड़ पर रहने वाला मायावी हूँ। सब मुझे तेक्कांशि नाम से जानते हैं। जब पहली बार मैंने तुम्हारे चेहरे को देखा था, तभी मुझे लगा था कि तुम जल्दी सीखने वाले हो। इसलिए मैंने तुम्हें दो बार धनी बनाया। सचमुच तुम मायावी बनना चाहते हो तो मैं बना दूँगा।"

उसके शब्दों ने तोशिशुन को प्रसन्न कर दिया। बूढ़े का अन्तिम शब्द सुनते ही तोशिशुन ने सिर झुकाकर बूढ़े की दयादृष्टि के लिए धन्यवाद दिया।

"नहीं-नहीं, मुझे धन्यवाद देने की ज़रूरत नहीं है।" तेक्कांशि ने कहा। "अगर मैं तुम्हें अपना शिष्य बना लूँ, तो भी तुम मायावी बनोगे कि नहीं, यह तुम्हारे ऊपर ही निर्भर करेगा। पर जैसे भी हो पहले तुम्हें मेरे साथ गैबिसन पहाड़ तक आना होगा। देखो, पीछे किसी ने बाँस की छड़ी रखी है। हम इसका प्रयोग कर सकते हैं।

तेक्कांशि ने छड़ी उठाकर कोई अजीब-सा मन्त्र पढ़ा और वे दोनों छड़ी के इर्द-गिर्द टाँगें फैलाकर बैठ गये, जैसे घोड़े पर सवार हों। फिर एक आश्चर्यजनक घटना हुई। छड़ी तेज़ी से ड्रैगन की तरह आकाश में ऊपर उड़ने लगी।

तोशिशुन विस्मय के साथ डरते-डरते नीचे ज़मीन की तरफ़ देखने लगा। ऐसा

करने पर उसे डूबते सूरज की रोशनी से नहाये नीले पहाड़ दिखे। लूयाँग और उसका पश्चिमी द्वार कहीं नज़र नहीं आ रहा था।

इतने में तेक्कांशि गाना गाने लगा।

सुबह मैं उत्तरी समुद्र में खेला,
शाम को मैं दक्षिणी सोगो पहाड़ पर गया।
मेरी आस्तीन में नीला साँप,
मेरे दिल में प्यारा भाव।
मैं तीन बार गोकुयो शहर गया हूँ।
पर किसी ने मुझे नहीं पहचाना कि मैं कौन था।
अब मैं गाना गाते हुए ऊँचा उड़कर दोतेई झील को पार कर रहा हूँ।।

बाँस की छड़ी पर सवार दोनों आदमी थोड़ी ही देर में गैबिसन पहाड़ की एक विशाल चट्टान पर उतर गये, जिस चट्टान से नीचे गहरी घाटी दिखती थी। वह बहुत ऊँची जगह थी इसलिए सबसे ज़्यादा चमकने वाला तारा भी वहाँ से कटोरे के बराबर दिखता था। चारों ओर शान्ति थी क्योंकि वहाँ पर कोई नहीं आता था। सिर्फ़ चीड़ के पेड़ से गुज़रती हवा की सनसनाहट ही इस ख़ामोशी को तोड़ रही थी।

तेक्कांशि ने चट्टान पर तोशिशुन को बिठाकर कहा– ''मैं महामाया सेईओबो से मिलने जा रहा हूँ। तुम यहीं रहो, जब तक मैं वापस नहीं आऊँ। मेरे जाने के बाद कई आसुरी शक्तियाँ तुम्हें दिखाई देंगी और प्रलोभन देने की कोशिश करेंगी। कुछ भी हो, एक शब्द भी मत बोलना। एक शब्द भी बोलोगे तो तुम मायावी नहीं बन पाओगे। समझ गये तुम?''

''मैं समझ गया।'' तोशिशुन ने जवाब दिया– ''मैं कदापि नहीं बोलूँगा। मैं कदापि एक शब्द भी नहीं बोलूँगा।''

''हाँ ठीक है।'' बूढ़े ने कहा– ''अब मैं महामाया के यहाँ जाने के लिए निकल रहा हूँ।'' ऐसा कहकर तेक्कांशि बाँस की छड़ी पर बैठकर रात्रि के अँधेरे में गुम हो गया।

तोशिशुन चट्टान पर अकेला रह गया। एक घण्टा बीत गया। ठण्डी पहाड़ी हवा उसके झीने कपड़ों के भीतर घुसने लगी।

तब तोशिशुन को एक आवाज़ सुनाई दी।

''वहाँ कौन बैठा है?''

उस आवाज़ में ग़ुस्सा था। लेकिन तोशिशुन ने कुछ नहीं कहा, जैसा कि बूढ़े ने उसे सिखाया था।

थोड़ी देर बाद उसने फिर वही आवाज़ सुनी। अभी जवाब दो या मरने के लिए तैयार हो जाओ।

फिर भी तोशिशुन ने कुछ नहीं कहा।

अचानक एक बाघ चट्टान के ऊपर कूदा। उसकी आँखों में ग़ुस्सा और चमक थी। वह तोशिशुन को घूर रहा था और ज़ोर से दहाड़ रहा था।

लेकिन सिर्फ़ इतना ही नहीं था। फिर विशालकाय साँप दिखाई दिया और तोशिशुन की ओर बढ़ने लगा। उसकी जीभ मुख के अन्दर-बाहर नाच रही थी, जैसे जले हुए मकान की खिड़की से निकली हुई आग की लपक हो।

फिर भी तोशिशुन वहीं बैठा रहा, उसकी उँगली तक नहीं हिली।

ऐसा लगा कि बाघ और साँप, दोनों रात के ख़ाने के लिए तोशिशुन को खा जाना चाहते थे। वे दोनों अपने-अपने मौक़े का इन्तज़ार कर रहे थे, एक-दूसरे को घूर रहे थे। अचानक दोनों उसकी ओर आ गये।

तोशिशुन जानना चाहता था कि पहले कौन उसे खायेगा, बाघ या साँप?

पर एक क्षण में दोनों हवा में ग़ायब हो गये मानो वे थे ही नहीं। पीछे से सिर्फ़ हवा में हिलते चीड़ के पेड़ की आवाज़ सुनाई दे रही थी।

तोशिशुन ख़ुश था क्योंकि वह ज़िन्दा बच गया था, फिर भी वह बिना सोचे नहीं रह सका कि अब क्या होगा?

तभी भयावह हवा का झोंका आया, काले-काले बादल नीचे ज़मीन पर पसर गये और तोशिशुन के चारों ओर फैल गये। बिजली की चमक ने बादलों को बीच से काट दिया और ऐसी भयानक आवाज़ हुई, जैसे आसमान में हज़ारों ढोल बज रहे हों।

पर इतने पर ही सब ख़त्म नहीं हुआ। मूसलाधार बारिश होने लगी और तोशिशुन ने सोचा कि वह कभी नहीं रुकेगी। लेकिन वह डरा नहीं। उस मूसलाधार बारिश में भी वह चुपचाप बिना हिले-डुले बैठा रहा।

हवा के शोर, आँधी, पानी और चमकती बिजली की कौंध ने आसमान में जमघट लगा रखा था। लगता था कि गैबिसन पहाड़ फिर कभी पहले की तरह नहीं होगा। अन्त में आसमान में फिर बिजली की कड़कती हुई आवाज़ हुई और आग का गोला सीधा तोशिशुन के सिर की तरफ़ गिर पड़ा।

तोशिशुन ने हाथों को कानों से लगाया और ख़ुद को चट्टान के ऊपर गिरा पाया। अन्त में जब उसने अपनी आँखें खोलीं, तब उसने देखा कि आसमान पहले जैसा ही है और काले बादलों का दूर-दूर तक कहीं कोई निशान नहीं है। पहाड़ों के ऊपर वही तारा था, जो चाय पीने वाले कटोरे के बराबर दिखता था।

तोशिशुन को लगा कि जो कुछ अभी हुआ– बाघ, साँप, हवा और बारिश वह सब मायावी शक्तियों का काम था। वास्तव में वहाँ कुछ भी घटित नहीं हुआ था। इस विचार ने उसको आनन्द से भर दिया और वह फिर चट्टान पर बैठ गया।

लेकिन तोशिशुन की ख़ुशी ज़्यादा देर तक क़ायम न रह सकी क्योंकि तभी नौ मीटर ऊँचा भयानक राक्षस उसके सामने प्रकट हो गया। वह सोने का कवच पहने हुए था और उसके पास त्रिशूल था।

आँखों में आक्रोश लिये राक्षस योद्धा ने त्रिशुल की नोंक तोशिशुन के दिल पर टिकाकर कहा– "तुम क्या सोचते हो? तुम हो कौन? शुरू से ही गैबिसन पहाड़ मेरा घर है और आज यहाँ मुझे तुम मिले हो। मुझे बताओ कि तुम कौन हो या फिर अपनी जान गँवा दो।"

लेकिन तोशिशुन ने बूढ़े की बात को ध्यान में रख अपना मुँह बन्द रखा।

"तो तुम जवाब नहीं दोगे? ठीक है। राक्षस योद्धा ने कहा– "अगर तुम इसी तरह का व्यवहार करोगे तो मेरे सेवक ज़रूर तुम्हारे टुकड़े-टुकड़े कर देंगे।"

राक्षस योद्धा ने त्रिशूल को अपने सिर के ऊपर उठाया और पहाड़ों से ऊपर उठते हुए उसके सेवकों से पूरा आसमान भर गया। थोड़ी ही देर में नीचे आकर वे तोशिशुन के टुकड़े-टुकड़े करने वाले थे।

ऐसा देखकर तोशिशुन ने मदद के लिए चिल्लाना चाहा पर तब उसको तेक्कांशि के शब्द याद आये। जब राक्षस योद्धा ने देखा कि तोशिशुन डर नहीं रहा, तब उसके ग़ुस्से का ठिकाना न रहा और क्रोध से उसकी आँखें फैल गयीं।

"अगर तुम इसी तरह का व्यवहार करोगे तो मेरे पास कोई दूसरा रास्ता नहीं। यह कहते हुए उस राक्षस योद्धा ने एक झटके में तोशिशुन का काम तमाम कर दिया।

दूसरे ही क्षण वह ग़ायब हो गया और वातावरण में उसकी भयानक हँसी गूँजती रही। उसके सेवक भी ग़ायब हो गये, जैसे वह एक सपना हो।

एक बड़ा तारा आसमान से नीचे झाँक रहा था और गैबिसन पहाड़ की चट्टानों पर रोशनी फैल रही थी। चीड़ के पेड़ों की गुनगुनाहट गूँज रही थी। तोशिशुन अभी भी चट्टान के ऊपर पड़ा था। उसकी मृत आँखें ऊपर की ओर आसमान की तरफ़ देख रही थीं।

तोशिशुन की लाश अब भी चट्टान के ऊपर पड़ी थी लेकिन उसकी आत्मा तेज़ी से नरक की ओर बढ़ रही थी। इस लोक और मृत्युलोक के बीच में एक रास्ता है जिससे सभी लोगों को गुज़रना पड़ता है। इसको अँधेरी सड़क कहते हैं। इस सड़क पर रोशनी नहीं पड़ती और हाड़ कँपाने वाली उण्डी हवा बहती है।

तोशिशुन की आत्मा पत्ते की तरह ठण्डी हवा में इधर–उधर उड़ रही थी, जब तक कि वह एक बड़े भवन के सामने ठिठक नहीं गयी। भवन पर एक नामपट्टिका टँगी थी, जिस पर लिखा था– 'यात्रा का अन्तहीन पड़ाव।'

उसके सामने असंख्य शैतान तैनात थे। शैतानों ने तोशिशुन को देखते ही चारों ओर से घेर लिया। वे उसको काले और सुनहरे कपड़े पहने हुए एक अजीबोग़रीब प्राणी के सामने ले गये। तोशिशुन को पक्का विश्वास हो गया कि यह यमराज है। तोशिशुन आने वाले भविष्य से भयभीत होकर यमराज के सामने घुटने टेककर बैठ गया।

"तुम कौन हो और तुम क्यों गैबिसन पहाड़ पर आये हो?" यमराज की कड़कती आवाज़ हज़ारों ढोलकों की तरह गूँजने लगी। तोशिशुन सवाल का जवाब देने के लिए प्रस्तुत हुआ कि तभी उसे तेक्कांशि को दिया हुआ वचन याद आ गया, इसलिए उसने अपना सिर झुका लिया और कुछ नहीं बोला।

यमराज ने तोशिशुन को घूरते हुए कहा– "तुम जानते हो कि तुम कहाँ हो? तुरन्त जवाब दो, वरना तुम्हें अपने जन्म पर अफ़सोस होगा।" तोशिशुन फिर भी नहीं बोला। इसको देखकर यमराज ने धीमी आवाज़ में शैतानों से बात की। वे तुरन्त तोशिशुन को पकड़ यात्रा के अन्तहीन पड़ाव पर आकाश में उड़ गये।

हर कोई जानता है कि नरक में नुकीले पहाड़, ख़ूनी झील, आग्नेय घाटी और बर्फ़ानी समुद्र आदि हैं। वे सब काले अँधियारे आसमान में मौजूद थे, यात्रा के अन्तहीन पड़ाव के ऊपर। तोशिशुन को एक के बाद दूसरी यन्त्रणा से गुज़रना पड़ा। उसके शरीर में ज़बरदस्त दर्द हुआ। उसके सिर, चेहरे, जीभ, छाती और चमड़ी पर भी यन्त्रणा के निशान थे।

फिर भी तोशिशुन कुछ नहीं बोला।

शैतान वे सब कुछ करके थक चुके थे जिससे तोशिशुन बोल उठता। वे इससे ज़्यादा कुछ नहीं कर सकते थे। इसलिए वे फिर आसमान में उड़ गये, जहाँ यमराज उनका इन्तज़ार कर रहा था। सभी शैतानों ने एक साथ कहा– "यह मनुष्य नहीं बोलेगा, फिर चाहे हम इसे कितनी भी पीड़ा दें।"

यह सुनकर यमराज का चेहरा और भी भयानक हो गया और वे सोच में पड़ गये। फिर अनायास उसके मन में एक विचार आया। इस मनुष्य के माता–पिता यहाँ नरक में है। उन्हें मेरे पास ले आओ।

यमराज के बोलते ही एक शैतान अँधेरी रात में हवा की गति से उड़ गया। वह जैसे हवा की तरह गया था, उसी प्रकार तोशिशुन के माता–पिता की मृतात्माओं के साथ तुरन्त वापस आ गया।

इन दोनों विचित्र जीवात्माओं को देखकर तोशिशुन को विस्मय से भी अधिक गहरा आघात पहुँचा। वे घोड़े जैसे दिखते थे, लेकिन उनके चेहरे उसके माता-पिता जैसे थे।

"मैं फिर पूछता हूँ तुम कौन हो? और गैबिसन पहाड़ पर क्यों आये हो? अगर तुम तुरन्त जवाब नहीं दोगे तो तुम्हारे माता-पिता दुखी होंगे।"

फिर भी तोशिशुन ने जवाब नहीं दिया।

"क्या तुम अपने माता-पिता के विषय में कुछ नहीं सोचते हो? तुम बेहद स्वार्थी हो, सिर्फ़ अपने लिए ही सोचते हो?" यमराज की आवाज़ हज़ारों ढोलकों की तरह गूँजने लगी।

तब यमराज ने शैतानों को आदेश दिया– "उनको मारो, शैतानों! उनको आतंकित करो, दर्द का अहसास दिलाओ– भयानक, भीषण दर्द का।"

शैतान एक साथ चिल्लाए– "जी!"। वे अपने-अपने कोड़े उठाकर दोनों घोड़ों को मारने लगे। हवा को चीरते हुए उनके कोड़े लगातार बज रहे थे और घोड़ों के शरीर को क्षत-विक्षत कर रहे थे। यहाँ-वहाँ, हर जगह।

तोशिशुन के माता-पिता, जो घोड़ों जैसे दिख रहे थे, कोड़ों की चोट से बचने के लिए शरीर को लगातार हिला रहे थे। उनकी आँखें ख़ून के आँसुओं से भरी थीं। वे दहाड़ मारकर रो रहे थे और उनकी आवाज़ दिल दहला देने वाली थी।

यमराज ने शैतानों को रुकने का आदेश दिया, और तोशिशुन की तरफ़ देखते हुए कहा– "क्या अब तुम बोलने के लिए तैयार हो?"

दोनों घोड़े यमराज के सामने ज़मीन पर पड़े हुए थे। वे भीषण दर्द से कराह रहे थे, ईश्वर कभी किसी को इतना दर्द न दें।

आँखें बन्द कर तोशिशुन ने जी-जान से तेक्कांशि के शब्दों को याद करने की कोशिश की। तभी एक बहुत धीमी आवाज़ ने उसकी एकाग्रता को भंग कर दिया। यह आवाज़ उसकी माँ की थी, वह भला अपनी माँ की आवाज़ कैसे भूल सकता था। उसकी माँ ने सिसकते हुए मद्धम स्वर में कहा– "तुम चिन्ता मत करो। हमें कुछ भी हो। जब तक तुम ख़ुश हो, चिन्ता की कोई बात नहीं। यमराज कुछ भी कहें, तुम कुछ मत बोलना। अगर तुम नहीं चाहते तब तो कतई नहीं।"

इतनी यन्त्रणा से गुज़रने के बाद भी तोशिशुन की माँ को सिर्फ़ उसकी चिन्ता थी, वह सिर्फ़ उसके बारे में सोच रही थी।

जब वह धनी था, लोग तोशिशुन को पसन्द करते थे। जब वह ग़रीब हो गया, तब वे उससे बात तक नहीं करते थे। लेकिन उसकी माँ! वह हमेशा उसके

बारे में सोचती थी– कभी भी, कहीं भी। कितनी महान थी वह! एक श्रेष्ठ मनुष्य और फिर भी कितनी सरल!

तोशिशुन तेक्कांशि के शब्दों को भूल गया। उसने दौड़कर अपनी माँ को अपनी बाँहों में भर लिया। आँसुओं का सैलाब उसकी आँखों से बहने लगा और हिचकियों के बीच उसने पुकारा– "माँ!"

जैसे ही उसने अपनी आवाज़ में 'माँ' सुना, तोशिशुन ने ख़ुद को लूयाँग के पश्चिमी द्वार के नीचे पाया।

सब कुछ वैसा ही था, जैसा गैबिसन पहाड़ जाने से पहले था– डूबता हुआ सूरज, आसमान, चाँद, लोग और गाड़ियाँ।

"मैंने तुम्हें क्या कहा था? तुम मेरे अनुयायी हो, इसका मतलब यह नहीं कि तुम मायावी बन सकते हो।" काने बूढ़े ने हँसते हुए कहा।

"जी हाँ, आप सही है", तोशिशुन ने कहा– "आप सही हैं, और मैं ख़ुश हूँ कि आप सही हैं।"

आँसू भरी आँखों से तोशिशुन ने बूढ़े का हाथ पकड़ा– "क्या हुआ जो मैं मायावी न बन सका, मैं मौन खड़े होकर अपने माता-पिता को उस नारकीय यन्त्रणा से गुज़रते हुए नहीं देख सकता था।"

"अगर तुम सिर्फ़ खड़े होकर कुछ नहीं बोलते तो...तेक्कांशि ने तोशिशुन को सख़्ती से देखते हुए कहा– "अगर तुम सिर्फ़ खड़े होकर कुछ नहीं बोलते तो मैं ख़ुद तुम्हें मार देता। तो अब तुम मायावी नहीं बनना चाहते और तुम अमीर भी नहीं बनना चाहते, तब फिर तुम क्या चाहते हो?"

"मैं क्या हूँ, इससे कोई फ़र्क़ नहीं पड़ता। मैं सिर्फ़ सीधी-सादी सरल ज़िन्दगी जीना चाहता हूँ।"

तोशिशुन ने बदली हुई आवाज़ में कहा।

"इस विचार पर अंगद के पाँव की तरह डटे रहना।" तेक्कांशि ने कहा– "अब शायद फिर मिलना न हो।" इसके साथ ही तेक्कांशि मुड़कर चला गया। लेकिन वह रुका और उसने पीछे घूमकर देखते हुए मुस्कुराकर कहा– "ताईज़ान पहाड़ के दक्षिण में मेरा एक छोटा-सा घर है, वह सब तुम्हारा है और उसके आसपास के खेत भी तुम्हारे हैं। साल के इस समय वहाँ दूर-दूर तक आड़ू से लदे पेड़ बहुत सुन्दर प्रतीत होते हैं।"

अनुवाद : नाऊ वातानबे

ताकासे-बुने

●

ओगाई मोरी

1

ताकासे-बुने या ताकासे-नाव, वह छोटी नाव है, जो क्योतो शहर में ताकासे-नदी पर आती-जाती है। तोकुगावा वंश के राज्यकाल में भयानक अपराध के लिए अपराधी को कालेपानी की सज़ा दी जाती थी और उसे राज्य से दूर स्थित किसी टापू पर अज्ञातवास के लिए भेज दिया जाता था। अन्तिम विदाई के लिए उसके सम्बन्धियों को जेल में बुलाया जाता था, जिनसे मिलने के बाद उसे ताकासे-बुने पर बिठाकर ओसाका ले जाया जाता था। वहाँ से उसे मुख्य स्थल से दूर स्थित टापू पर भेज दिया जाता था। अपराधी को ज़िम्मेदारी के साथ सुरक्षित ओसाका तक भेजने वाले को दोशिन कहा जाता था, जो क्योतो शहर की नगरपालिका में चतुर्थ श्रेणी का कर्मचारी होता था। ऐसी भी प्रथा थी कि ओसाका तक की यात्रा पर अपराधी के साथ उसके पिता, भाई या किसी और सम्बन्धी को भी यात्रा में ले जाया जा सकता था। परन्तु यह केवल एक प्रथा ही थी, राजकीय व्यवस्था का हिस्सा नहीं।

मुख्यत: गम्भीर अपराध, जैसे- हत्या, लूट के इरादे से घर में आग लगाना आदि की सज़ा के तौर पर कालेपानी की सज़ा दी जाती थी। अधिकांश अपराधी जिन्हें ताकासे-नाव पर भेजा जाता था, उन्होंने सरल परन्तु अत्यधिक गम्भीर ग़लतियाँ की होती थीं। उदाहरण के तौर पर, उस समय प्रेमी जोड़े की आत्महत्या की घटनाएँ काफ़ी हो रही थीं, परन्तु प्रेमिका की हत्या में सहायता करने के बाद कई बार योजना असफल हो जाती थी। प्रेमिका को मारने के बाद प्रेमी किन्हीं

कारणों से आत्महत्या नहीं कर पाता था और उसे प्रेमिका की हत्या का दोषी ठहराया जाता था।

ताकासे-नाव को संध्या की घण्टियों के साथ रवाना कर दिया जाता था। क्योतो शहर में ताकासे-नदी के दोनों तरफ़ अँधेरे घरों की शृंखला थी जिसके बीच कामो-नदी बहती थी। उसे पार करने से पहले ताकासे-नाव पूर्व दिशा में आगे की ओर बढ़ती थी। नाव में रात भर अपराधी और उसके सम्बधी अपने जीवन तथा जीवन में हुई ग़लतियों के बारे में वार्तालाप किया करते थे। रात भर यह सिलसिला जारी रहता था, पर बार-बार अपनी भूलों के विषय में बात करने के बावजूद न तो उनका अतीत बदल सकता था और न ही वे फिर से नयी शुरुआत कर सकते थे। 'दोशिन' उन दोनों की बातें सुनते हुए न केवल अपराधी के दुखद सन्दर्भ से बल्कि उसके परिवार की विषम स्थितियों से भी अवगत हो जाता था। उस समय दोशिन की स्थिति उन अफ़सरों से अलग होती थी जो न्यायालय में अपराधी की कहानी सुनते थे या मेज़ पर बैठकर अपराधी का बयान लिखते थे।

यह सच है कि दोशिन भी अलग-अलग स्वभाव के होते थे। किसी को अपराधी की बातें अनर्गल प्रलाप लगती थीं और वह कानों को दोनों हाथों से ढकना पसन्द करता था। पर कुछ दोशिन अपराधी और उनके सम्बधियों की बातें ध्यान से सुनते थे तथा उन पर तरस भी खाते थे। यद्यपि दोशिन से ऐसी आशा नहीं की जाती थी। सामान्य तौर पर यह माना जाता था कि वे अपने भाव प्रकट नहीं करेंगे और अपने अन्तर्मन की बातें गुप्त रखेंगे पर कुछ दोशिन स्वभाव से कोमल थे और उनकी आँखें नम हो जाया करती थी।

2

इस कहानी की घटनायें कब घटीं, निश्चित नहीं है परन्तु यह लगभग कानसेई राज्यकाल में सादानोबु-मात्सुदाइरा के समय की बात है। वसन्त ऋतु में संध्या के समय जब चीओंइन-मन्दिर में घण्टियाँ बज रहीं थी, और पेड़ से गुलाबी फूल एक-एक करके गिर रहे थे, तब ताकासे-नाव पर एक अजीब-से अपराधी को ले जाया जा रहा था। उसका नाम किसुके था और वह लगभग तीस वर्ष का था। दोशिन के अलावा दूर ओसाका तक जाने के लिए उसके साथ कोई सम्बधी नहीं था जो उस संध्या में किसुके के साथ ताकासे-नाव पर जाये।

यात्रा पर जाने वाले दोशिन का नाम शोबेई-हानेदा था। शोबेई ने किसुके के बारे में जो बात सुनी थी, वह केवल यह थी कि उसने अपने छोटे भाई की हत्या

की थी। शोबेई ने उस छोटे-दुबले व्यक्ति को ध्यान से देखा। वह निश्चिन्त दिख रहा था, हालाँकि उसे अपनी स्थिति का भी आभास था। वह शान्त था, परन्तु दुखी नहीं। वह उतना ही शिष्ट था, जितना उसे दोशिन के सामने होना चाहिए था। कुछ अपराधी दोशिन से लाभ पाने के इरादे से शिष्ट होने का दिखावा करते थे। किसुके इसलिए शिष्ट था क्योंकि वह वाक़ई एक शालीन व्यक्ति था।

शोबेई ने सोचा कि यह व्यक्ति बहुत अजीब है। उन्होंने उस पर सावधानी से नज़र रखने का निश्चय किया, और ऐसा उन्होंने सिर्फ़ अपने कर्तव्य की वजह से नहीं किया, वह वाक़ई उस छोटे-से व्यक्ति में दिलचस्पी लेने लगे थे।

शाम तक हवा ठहर चुकी थी और आकाश में छाये हुए बादल चाँद को आधा ढकने लगे थे। आने वाली गर्मियों की तपिश धरती से उठकर गर्म हवा के झोंकों में तब्दील हो चुकी थी। दक्षिण क्योतो से निकलकर कामो-नदी को पार करने तक ताकासे-नदी शान्त हो चुकी थी। पानी की नाव के ऊपरी सिरे से टकराने की आवाज़ के सिवा कुछ और सुनाई नहीं दे रहा था।

रात्रि के समय अपराधी को नाव में सोने की अनुमति थी, परन्तु किसुके ने न सोने का निश्चय किया। वह वहाँ शान्तिपूर्वक बैठा था और उस चाँद को देख रहा था जो बादलों की आवाज़ाही से घट-बढ़ रहा था। उसके चेहरे पर परेशानी का कोई संकेत नहीं था, बल्कि उसकी आँखों में चमक थी।

यद्यपि शोबेई उसे लगातार घूर नहीं रहे थे। वह उस पर कड़ी नज़र रखे हुए थे। शोबेई लगातार यही सोच रहे थे कि किसुके कितना अजीब है, बहुत अजीब। चाहे जितनी भी बार शोबेई किसुके को देखते, वे हमेशा ही उसे आनन्द-विभोर पाते। यदि नाव में शोबेई उसके साथ न होते तो सम्भवतः किसुके आत्ममुग्ध होकर गाना गा रहा होता।

शोबेई सोच-विचार कर रहे थे। जब भी वे अपराधियों को ओसाका तक ले जाते थे, अपराधी अपना दुखड़ा रोने लगते थे। परन्तु किसुके उनकी तरह नहीं था। ऐसा लग रहा था, जैसे वह नाव की सवारी का आनन्द ले रहा हो। परन्तु किसुके ने अपने अनुज की हत्या की थी, जैसा कि शोबेई को बताया गया था। हो सकता है कि किसुके का भाई बहुत दुष्ट व्यक्ति हो या फिर उस घटना से सम्बधित सत्य की शोबेई को जानकारी न हो, फिर भी यह सच था कि किसुके अपने भाई की हत्या कर ख़ुश नहीं हो सकता था। क्या यह छोटा-सा दुबला आदमी कोई राक्षस था? क्या उसमें बिलकुल भी मानवता नहीं थी? क्या वह इसलिए ख़ुश दिख रहा था? नहीं, शोबेई को ऐसा बिलकुल नहीं लगता था। दूसरी ओर शायद किसुके

पागल था, मानसिक रूप से असन्तुलित मनुष्य। पर नहीं, शोबेई के अनुसार यह भी सच नहीं हो सकता था। किसुके ने ऐसा कुछ भी नहीं कहा था या किया था, जो असामान्य हो। फिर सच्चाई क्या हो सकती है? जितना शोबेई सोचते, उतना ही उत्तर देना मुश्किल जान पड़ता था।

3

आख़िरकार शोबेई से और नहीं सहा गया, अतः उन्होंने किसुके से पूछा।

"किसुके! तुम क्या सोच रहे हो?"

"जी महोदय?"

किसुके ने शोबेई की तरफ़ देखते हुए, डरते हुए आसन सीधा कर जवाब दिया मानो उसने कोई ग़लती की हो।

शोबेई को लगा कि यह बताना ज़रूरी है कि उनके प्रश्न का एक राजकर्मचारी के रूप में उनके कर्तव्य से कोई लेना-देना नहीं है।

"ओह! कोई ख़ास बात नहीं है।" उन्होंने कहा- "बस कुछ समय से तुमसे यह पूछना चाहता था कि तुम देश निकाला दिये जाने पर कैसा महसूस कर रहे हो। मैं अब तक कई लोगों को ओसाका तक पहुँचा चुका हूँ, सभी प्रकार के लोगों को। सभी लोग दुखी लगते थे। वे ज़्यादातर रातें अपने सम्बधियों के साथ बात करने में बिताते थे और अपने बीते हुए दिनों को याद कर रोते थे। पर तुम्हें देखकर तो ऐसा लगता है कि जैसे तुम्हें कालेपानी की सज़ा से कोई परेशानी नहीं है। यही जानना चाहता हूँ।"

किसुके मुस्कुराया और उसने कहा।

"पूछने के लिए धन्यवाद! जी हाँ, मुझे भी ऐसा लगता है कि दूसरे लोग कालेपानी पर भेजे जाने की वजह से दुखी होते हैं। मैं उनकी तकलीफ़ को समझ सकता हूँ। पर वैसे लोग दुखी होते हैं जो क्योतो शहर में रहकर जीवन का उपभोग कर रहे थे। अधिकतर लोगों के लिए क्योतो काफ़ी अच्छी जगह है पर मेरे लिए ऐसा नहीं है। ऐसा भी लगता है कि मेरी ही तरह कई लोग क्योतो में रहते हुए कठिन समय से गुज़रे होंगे।

"मैं राजकीय अनुग्रह का आभारी हूँ क्योंकि अब मुझे कालेपानी की सज़ा के लिए किसी टापू पर भेज दिया जायेगा। वह टापू कितना भी बुरा क्यों न हो, उससे बुरा नहीं हो सकता जहाँ मैं रहता था। इससे ज़्यादा महत्त्वपूर्ण यह है कि अब मेरे पास ऐसी जगह है, जहाँ से मेरा सम्बन्ध है। इसके लिए मैं सरकार का कृतज्ञ हूँ।

जैसा आप देख सकते हैं कि मैं उतना मज़बूत नहीं हूँ। पर यह भी सच है कि मैं कभी बीमार भी नहीं पड़ा। बस एक बार मैं टापू पर पहुँच जाऊँ तो मुझे विश्वास है कि बिना अस्वस्थ हुए मैं किसी भी प्रकार का काम कर सकता हूँ। सरकार को धन्यवाद देना चाहता हूँ उन दो सौ सिक्कों के लिए जो जेल छोड़ते समय मुझे दिये गये।''

यह कहकर किसुके अपना हाथ छाती की ओर ले गया, जहाँ उसने सिक्के रखे थे। उस समय ऐसी प्रथा थी कि सरकार कालापानी जाने वालों को दो सौ ताँबे के सिक्के देती थी।

किसुके ने अपनी बात जारी रखी।

''यह कहते हुए मुझे दुख हो रहा है पर यह सच है कि अपने हाथों में इतने पैसे मैंने पहले कभी नहीं देखे। अब तक मैं काम ढूँढ़ने के लिए इधर-उधर घूमता रहा। एक बार मुझे नौकरी मिली थी और तब मैंने जितना हो सका कठिन परिश्रम किया। पर अफ़सोस कि मैंने जो कुछ कमाया, वह दूसरों के हाथों चला गया। ऐसा समय, जब मैं भोजन के लिए नक़द दे सकता था, मेरे जीवन का सबसे अच्छा समय था। पर ज़्यादातर मौक़ों पर मुझे ख़ाने के लिए क़र्ज़ लेना पड़ता था।

''तो आप मेरी हैरानी समझ सकते हैं? जब मुझे जेल में भेजा गया और बिना परिश्रम के रोज़ ख़ाना दिया गया और जेल छोड़ने के बाद मुझे दो सौ सिक्के भी मिले। ऐसे में मैं केवल सरकार का शुक्रिया अदा कर सकता हूँ और आज भी मुझे दिन में तीन बार ख़ाना मिल रहा है, इसलिए मुझे इन सिक्कों को ख़र्च करने की ज़रूरत नहीं है। ऐसा मेरे जीवन में पहली बार हुआ है कि मेरे पास अपने पैसे हैं। मुझे पता नहीं कि उस टापू पर मुझे कोई नौकरी मिलेगी या नहीं पर मुझे उम्मीद है कि इन सिक्कों से मैं कुछ काम शुरू कर सकूँगा।''

जब किसुके ने अपनी बात समाप्त की, तब शोबेई ने कहा- ''अच्छा ऐसा है?'' शोबेई नहीं जानते थे कि ऐसे समय में और क्या कहा जाये। सभी बातें जो किसुके ने उनसे कही थीं, वे उनके लिए आश्चर्यजनक थीं। शोबेई सोचने लगे और कुछ समय के लिए वे और कुछ नहीं कह सके।

शोबेई की उम्र लगभग चालीस वर्ष थी। उनके चार बच्चे थे और वे अपनी बूढ़ी माता की सेवा भी करते थे। कई लोगों का पालन करने के लिए वे पैसों का बहुत ध्यान से उपयोग करते थे। उनके पास सरकारी वर्दी के अतिरिक्त केवल सोने के लिए कपड़े थे। संयोग से उनकी पत्नी धनवान परिवार से थीं। हालाँकि उन्होंने शोबेई के वेतन की सीमा में ही जीविका चलाने की कोशिश की। पर उन्हें यह

काफ़ी कठिन लगता था। कभी-कभी महीने के अन्त में पैसे कम हो जाते थे तो वे अपने परिवार से पैसे उधार लेकर हिसाब की असंगति को ठीक किया करती थीं। चूँकि वे जानती थीं कि शोबेई को किसी भी प्रकार का उधार लेना पसन्द नहीं था इसलिए वे इस बात को गुप्त रखती थीं। पर ऐसा नहीं था कि शोबेई को इसकी जानकारी न हो। छुट्टी के दिन भी ऐसा ही हुआ। उनकी पत्नी के परिवारवालों ने बच्चों के लिए ख़ाने का सामान और कपड़े भेजे। शोबेई को यह पसन्द नहीं आया और उस समय दोनों के बीच समस्या खड़ी हो गयी, जब उनकी पत्नी के परिवार वाले तोहफ़े और पैसे भेजने में बहुत ज़्यादा स्वतन्त्र हो गये।

किसुके की बातें सुनकर शोबेई उनकी सहायता नहीं कर पाये, बल्कि वे अपनी तुलना उससे करने लगे। जो पैसा किसुके कमाता था, वह क़र्ज़ उतारने के लिए दूसरों के हाथ चला जाता था। शोबेई को इसका अहसास था। शोबेई के वेतन और किसुके के कमाये हुए पैसों में बहुत अन्तर था, परन्तु दोनों व्यक्ति लगभग समान परिस्थितियों में जी रहे थे। शोबेई का वेतन भी एक हाथ से दूसरे हाथ में जाकर ख़त्म हो जाता था और उनके पास कुछ भी नहीं बचता था जबकि किसुके के पास अपने दो सौ सिक्के थे।

यह सच है कि दो सौ ताँबे के सिक्के किसुके के लिए शोबेई से अधिक क़ीमती थे परन्तु यह बात शोबेई को आश्चर्यचकित कर रही थी कि किसुके उस राशि से पूर्णतः सन्तुष्ट था। वह और कुछ नहीं चाहता था। जब किसुके बाहर था, तब उसने नौकरी की तलाश में काफ़ी मुश्किल समय बिताया था। जब उसे नौकरी मिली तो उसने भोजन के प्रबन्ध के लिए जी-जान से काम किया और वह उससे सन्तुष्ट था। जब वह जेल में था, तब उसे दिन में तीन बार भोजन दिया जाता था। किसुके को ऐसा लगा कि मानो वह स्वर्ग में रह रहा हो। जीवन कभी इतना अच्छा नहीं था।

अन्त में शोबेई सोचने लगे कि शायद दोनों का जीवन के प्रति नज़रिया ही दोनों के बीच का सबसे बड़ा अन्तर है। यद्यपि शोबेई की कमाई कम थी परन्तु उनके परिवार की ज़रूरत पूरा करने के लिए काफ़ी थी। परन्तु इस आमदनी से शोबेई ही नहीं उनकी पत्नी भी नाख़ुश थीं यानी दोनों न तो ख़ुश थे और न ही सन्तुष्ट और उन्हें इस बात की चिन्ता थी कि अगर वे बीमार पड़ गये तो क्या होगा? शोबेई जब अपनी पत्नी के मायके से पैसा उधार लेने के बारे में सोचते, तब भविष्य के प्रति उनका भय बढ़ जाता था।

यह अन्तर शोबेई और किसुके के बीच में कैसे आ गया? बड़ा अन्तर यह था

कि किसुके की पत्नी और बच्चे नहीं थे। शोबेई ने सोचा कि यह अन्तर ही प्रश्न का सही उत्तर नहीं था। उन्हें सन्देह था कि यदि वे अकेले होते तो भी वे किसुके की तरह नहीं होते। पर नहीं, उन दोनों के बीच का अन्तर बहुत गहरा था।

शोबेई सोचने लगे कि हमारा इस संसार में जीवित होने का अर्थ क्या है? जिस व्यक्ति को अच्छी तरह ख़ाना न मिलता हो, वह चाहे कि उसे और ख़ाना मिले या जो बीमार हो, यह उम्मीद करे कि वह स्वस्थ हो जाये या फिर जिसके पास बचत न हो वह बचत करना चाहे। परन्तु सच तो यह है कि मनुष्य हमेशा उस चीज़ की इच्छा रखता है जो उसके पास नहीं है। उसे पता नहीं होता कि इच्छाओं का यह सिलसिला कब रुकेगा और कब उसका मन कहेगा कि अब काफ़ी है। परन्तु अचानक शोबेई को किसुके का ख़याल आया जो उनके सामने बैठा है, किसुके ने उन्हें दिखा दिया कि लोग ठहर भी सकते हैं और दिखा भी सकते हैं कि उनके लिए यह काफ़ी है।

शोबेई ने किसुके को इस दृष्टि से देखा, जैसे कि वे उससे पहली बार मिल रहे हों। किसुके आकाश की ओर देख रहा था। ऐसा प्रतीत हुआ, जैसे उसके सिर के ऊपर प्रकाश का एक अजीब-सा घेरा हो।

4

शोबेई किसुके को ध्यान से देखने लगे और पुकारा– ''किसुके जी!'' यह पहली बार था कि शोबेई ने किसुके के नाम के बाद 'जी' जोड़ दिया था। उन्होंने बिना कुछ सोचे ऐसा किया था और उन्हें जल्दी ही अनुभव हुआ कि यह अपराधी को बुलाने का सही तरीक़ा नहीं है। परन्तु एक बार मुँह से निकलने के बाद अपनी बात को कभी वापस नहीं लिया जा सकता है।

''जी महोदय!'' किसुके ने कहा और शायद उसे भी कुछ अजीब-सा लगा और जब वह शोबेई की ओर मुड़ा तो न जाने क्यों वह कुछ और छोटा लगने लगा।

शोबेई दोबारा बोलने से पहले क्षण भर के लिए मौन रहे।

तुमसे ज़्यादा सवाल पूछने के लिए माफ़ी माँगना चाहता हूँ पर मैंने सुना है कि तुमने किसी की हत्या की है, इसलिए तुम्हें टापू पर भेजा जा रहा है। क्या तुम उसके बारे में मुझे कुछ बताओगे?

जब किसुके ने बोलना शुरू किया तो उसकी आवाज़ कुछ विचित्र और सामान्य से धीमी थी।

5

"जी हाँ! मैंने बहुत ही बुरा काम किया है और मैं इसके लिए कोई सफ़ाई नहीं देना चाहता। मुझे भी नहीं पता कि मैंने यह कैसे किया? वास्तव में तो मैंने इसे बिना सोचे-समझे किया था। बचपन में ही मेरे माता-पिता बीमार पड़ गये थे और दोनों की मृत्यु हो गयी थी। मैं और मेरे छोटे भाई के लिए ऐसा कोई नहीं बचा था, जो हमारी देखभाल करे। हम दोनों छोटे बच्चे थे और पड़ोसियों की दया के बिना इतने बड़े भी नहीं हो सकते थे। हमने उन पड़ोसियों के लिए छोटे-मोटे काम करके किसी तरह खाया-कमाया। जब हम बड़े हो गये तो हमने स्थायी नौकरी की तलाश शुरू कर दी और उस समय हमने हमेशा एक साथ रहने की कोशिश की ताकि हम एक-दूसरे की मदद कर सकें।

"पिछले पतझड़ में हमें अच्छी नौकरी मिली थी परन्तु मेरा भाई बीमार पड़ गया और वह दिन-रात घर में पलंग पर पड़ा-पड़ा बिताने लगा। हम उस समय कितायामा में रहते थे और मैं रोज़ काम के लिए कामिया-नदी का पुल पार करके जाता था। हर शाम को मैं घर में कुछ-न-कुछ ख़ाने के लिए लाता था। मेरा भाई हमेशा मुझसे माफ़ी माँगता था क्योंकि सभी काम मुझे ही करने पड़ते थे। इसके लिए वह बहुत शर्मिन्दा महसूस करता था। एक दिन मैं हर रोज़ की तरह घर वापस आया, तब मैंने अपने भाई को पलंग पर ख़ून से लथपथ पड़ा हुआ देखा।

"मुझे एक क्षण के लिए अपनी आँखों पर विश्वास नहीं हुआ और मैं वहाँ ठगा-सा खड़ा रह गया। फिर मैं उसकी ओर दौड़ा और मैंने पूछा कि क्या हुआ? जब उसने मेरी ओर नज़र उठायी, तब मैंने देखा कि उसकी गरदन से ख़ून बह रहा था। वह कुछ भी बोलने में असमर्थ था। उसकी गरदन से केवल साँस लेने की अजीब-सी आवाज़ आ रही थी। तब भी मैं समझ नहीं सका कि क्या हो गया था?' इसलिए मैंने फिर से पूछा कि 'क्या हुआ? क्या तुमने ख़ून की उल्टी की?' मेरा भाई अपने बायें हाथ को गरदन पर रखते हुए दायें हाथ की मदद से थोड़ा-सा उठा। ख़ून अभी भी उसकी उँगलियों के बीच से बह रहा था। तब जाकर उसने पहली बार कहा-

'भैया मुझे माफ़ कर दो। मुझे नहीं लगता है कि मैं ठीक हो पाऊँगा। इसलिए मैंने सोचा कि मैं स्वयं ही ख़ुद को ख़त्म कर दूँ ताकि तुम मेरी देखभाल करने से मुक्त हो जाओ। मैंने सोचा कि यह सबसे जल्दी मरने का तरीक़ा है कि अपनी गरदन को छुरी से काट दूँ। पर अब जब मैं साँस लेता हूँ, तब हवा घाव के रास्ते से

आ-जा रही है। मैंने छुरी से गरदन पर काफ़ी गहरे ज़ख़्म करने की कोशिश की थी, पर वह गरदन की बाहरी सतह पर ही धँस गयी। अगर तुम छुरी खींचकर बाहर निकाल सको तो मैं चैन से मर सकूँगा। अब मुझे बोलने में परेशानी हो रही है। बस मैं केवल यह चाहता हूँ कि तुम छुरी निकाल दो।'

"जब उसने अपना हाथ गरदन से हटाया तो मुझे उसकी साँस की आवाज़ फिर से सुनाई देने लगी। मुझे नहीं पता था कि मैं क्या करूँ, पर मैं उसकी गरदन को देखने के लिए उसकी तरफ़ बढ़ा। मैं चुभी हुई छुरी के हत्थे को देखते हुए सोच रहा था कि मैं उसके लिए क्या कर सकता हूँ, वह अब भी मेरे चेहरे की ओर उम्मीद से देख रहा था।

आख़िरकार मैंने कहा- 'ज़रा रुको। मैं डॉक्टर को बुलाता हूँ।' उसने कठोर दृष्टि से मुझे देखा। फिर उसने अपने बायें हाथ से अपनी गरदन को पकड़कर कहा- 'डॉक्टर को बुलाने से क्या होगा? बस छुरी निकाल दो, दर्द से...'

"मुझे समझ नहीं आ रहा था कि मैं क्या करूँ? मैं केवल उसका चेहरा देखता रहा। तब उसकी आँखों ने विचित्र ढंग से मुझे निर्देश दिया-

जल्दी करो, जल्दी करो।

"मेरा दिमाग़ चकरा रहा था, पर उसकी आँखों ने मेरे चेहरे से नज़र नहीं फेरी थीं। वह ऐसी नज़र से मुझे देख रहा था मानो मैं ही उसका दुश्मन हूँ। आख़िरकार मैं इस नतीजे पर पहुँचा कि जैसा वह चाहता है, मुझे वही करना होगा।

'ठीक है, मैं करूँगा। मैं छुरी निकाल दूँगा।'

"मेरे ऐसा कहते ही उसका चेहरा सन्तुष्टि से भर गया और वह प्रसन्न लगने लगा। मैंने सोचा कि अगर यही करना है तो मुझे शीघ्र करना होगा। मैंने ख़ुद को इस स्थिति के लिए तैयार किया और छुरी को पकड़कर निकाल दिया।

"तभी घर के सामने वाला दरवाज़ा खुला और पड़ोस की एक बूढ़ी औरत आयी, जिसे मैं अपने भाई को दवाई देने और घर के दूसरे कामों के लिए अक्सर बुलाया करता था। चूँकि घर में अँधेरा था, इसलिए मुझे पता नहीं कि उसने क्या देखा। पर एक नज़र देखकर 'आह' कहती हुई वह दरवाज़े से बाहर भाग गयी।

"जितना जल्दी हो सका मैंने छुरी को निकाल दिया। पर मुझे ऐसा लगा कि मेरे भाई की गरदन पूरी तरह कट गयी। मैंने छुरी को हाथ में पकड़े हुए उस बूढ़ी औरत को आते और फिर भागते हुए देखा। जब मैंने फिर अपने भाई पर नज़र डाली, तब तक वह अपनी आख़िरी साँस ले चुका था और बहुत-सा ख़ून उसकी गरदन से निकल रहा था।

"मैंने छुरी को नीचे रख दिया और अपने भाई का चेहरा देखने लगा। उसकी आँखें अभी भी आधी खुली हुई थीं। स्थानीय पुलिसवालों ने मुझे वहाँ उसी स्थिति में बैठा पाया और वे मुझे गिरफ़्तार करके ले गये।"

किसुके बोलते समय शोबेई की ओर देख रहा था, पर फिर उसने अपनी गरदन नीचे की और ज़मीन की तरफ़ देखने लगा।

6

शोबेई को लगा कि उसकी कहानी में कुछ बात थी। सच तो यह था कि उसकी कहानी आश्चर्यजनक रूप से तर्कपूर्ण थी। शायद ऐसा इसलिए था क्योंकि किसुके ने लगभग छह महीने इसके बारे में सोचते हुए समय बिताया था और उसे मुक़दमे के पहले और मुक़दमे के दौरान इस कहानी को बार-बार दोहराना पड़ता था।

शोबेई उन परिस्थितियों की कल्पना कर सकते थे जिसमें किसुके ने बयान दिया था। किसुके अपनी आधी कहानी ही बता पाया था कि शोबेई के मन में सवाल उठने लगा कि क्या यह सचमुच हत्या का मामला है? क्या यह कहा जा सकता है कि इस आदमी ने अपने भाई की हत्या की थी? यहाँ तक कि उसकी कहानी पूरी सुनने के बाद भी शोबेई को उस सवाल का उत्तर नहीं मिला। किसुके के भाई ने उससे छुरी को गरदन से बाहर निकालने के लिए कहा ताकि वह चैन से मर सके और किसुके ने छुरी निकाल दी। पर अब लोग कहते हैं कि किसुके ने उसकी हत्या की थी। यदि किसुके ने कुछ भी नहीं किया होता तो भी उसका भाई मर गया होता।

किसुके का भाई मरना चाहता था, क्योंकि वह असहनीय दर्द से छुटकारा पाना चाहता था। किसुके से अपने भाई को दर्द से छटपटाते हुए देखा नहीं जा रहा था। किसुके ने चाहा कि किसी तरह अपने भाई को दर्द से मुक्त कर सके। इसलिए उसने उसके मरने में सहायता की थी। किसी की हत्या करना निश्चित रूप से अपराध है। पर यह किसी को असहनीय दर्द से बचाने के लिए किया गया था, इसलिए शोबेई समझ नहीं पा रहे थे कि क्या यह सचमुच एक अपराध है?

शोबेई ने इस मसले पर गम्भीरता से विचार किया था और अन्ततः उन्होंने सरकार के निर्णय पर विश्वास करने का फ़ैसला किया। पर अब भी शोबेई पूरी तरह सन्तुष्ट नहीं थे। यदि ऐसा सम्भव होता तो वे जज से पूछना चाहते थे कि इस मसले पर उनकी सोच क्या थी। हाँ, शायद वह ऐसा करना चाहते थे।

7

रात अन्धकार की चादर ओढ़े गहराती जा रही थी और बादलों ने चाँद को ढक लिया था। अपने विचारों में गुम दो मनुष्य नाव पर सवार तकासे–नदी की श्यामल जलराशि पर चुपचाप धीरे–धीरे अपने–अपने गन्तव्य की ओर बढ़ रहे थे।

अनुवाद : किको तातसुनो

किनोसाकी के किनारे

•

नाओया शिगा

मुझे टोक्यो लूप लाइन पर रेलगाड़ी में धक्का लगने से चोट लग गयी। इसके इलाज के लिए मैं अकेले ही 'किनोसाकी' गरम पानी की झील गया था। डॉक्टर ने मुझसे कहा कि अगर पीठ में क्षय रोग हो जायेगा तो जानलेवा हो सकता है, परन्तु ऐसा नहीं है। डॉक्टर की माने तो मैं दो-तीन साल में ठीक हो जाऊँगा। लेकिन मुझे अपना ध्यान रखना पड़ेगा, इसलिए मैंने इस यात्रा पर जाने का निर्णय लिया। मैं वहाँ कम-से-कम तीन, और हो सके तो पाँच सप्ताह रहने के लिए सोच रहा था।

मुझे कुछ ठीक-ठीक समझ में नहीं आ रहा था और मैं अक्सर चीज़ों को भूल भी जा रहा था। परन्तु मुझे एक शान्ति का अनुभव हो रहा था, जो बीते कुछ वर्षों में मुझे नहीं मिली। धान-कटाई का समय था। मौसम सुहावना था। मैं बिलकुल अकेला था। बात करने वाला कोई नहीं था।

मैं पढ़ता था, लिखता था या बरामदे में कुर्सी पर गुमसुम बैठा कभी पहाड़ देखता था और कभी सड़क या फिर अधिक-से-अधिक टहलने चला जाता था। छोटी-सी नदी के किनारे धीरे-धीरे ऊपर चढ़ने वाला एक रास्ता टहलने के लिए अच्छा था। पहाड़ के दामन में वह छोटी नदी एक तालाब का रूप ले लेती थी, जिसमें बहुत सी ब्रुक सालमन मछलियाँ थीं। कभी-कभी ध्यान से देखने पर पत्थर जैसा एक केकड़ा भी दिखाई पड़ता था। शाम को ख़ाने से पहले मुझे इस रास्ते पर टहलना पसन्द था। शाम की गुलाबी ठण्ड में शान्त वादियों के बीच बहती नदी के किनारे चलते-चलते मैं अपनी ही सोच में मगन रहता था। मेरी ज़िन्दगी में शून्यता

थी, पर उसमें शान्ति की भावना भी थी। अगर मुझे थोड़ी-सी चोट और लग जाती तो मैं आओयामा क़ब्रगाह के नीचे पीठ के बल लेटा होता। मेरा चेहरा पीला, ठण्डा और सख़्त पड़ जाता और उस दिन चेहरे और पीठ पर लगी चोट का दर्द आज फिर महसूस होता। मेरे दादा और माता के शव फिर मेरी बग़ल में होते परन्तु आपस में कोई सम्बध नहीं होता। ऐसे दुखद विचार मन में आ जाते थे लेकिन मुझे उन विचारों से डर नहीं लग रहा था। एक दिन ऐसा होना ही है। यह सोच मेरे मन में पहले भी आती थी परन्तु मैं इस 'सोच' को अपने से दूर करता था। लेकिन अब मुझे लगने लगा कि वह दिन अब ज़्यादा दूर नहीं है। इस बार मैं बच गया, किसी ने मुझे मरने से बचाया। शायद मुझे अभी कुछ और काम करने थे। मिडिल स्कूल के समय पढ़ी किताब में लिखा हुआ था कि लॉर्ड क्लाइव मृत्यु को ध्रुव सत्य मान नये काम करने का प्रयास करते थे। मैं भी अपने जीवन की विषम परिस्थितियों में ऐसा ही करना चाहता था। मैंने ऐसा किया भी था परन्तु मेरे मन में अभी भी अजीब शान्ति का अनुभव हो रहा था। मृत्यु के साक्षात्कार ने उसे मेरा क़रीबी दोस्त बना दिया था।

मेरा कमरा पहली मंज़िल पर था। पड़ोसियों के न होने से ज़्यादा शान्त था। जब मैं थक जाता था, तब अक्सर बरामदे में निकलकर बैठ जाता था। बरामदे के बग़ल में मुख्य द्वार की छत थी जो मुख्य भवन को जोड़ती थी। छत के नीचे मधुमक्खियों का छत्ता था। अच्छे मौसम में बड़ी काली-पीली धारियों वाली मधुमक्खियाँ सुबह से शाम तक लगातार शहद इकट्ठा करती थीं। मधुमक्खियाँ छत्ते से निकलकर प्रवेशद्वार की छत पर रुकती थीं। कुछ मधुमक्खियाँ अपने पंखों और संस्पर्शकों को आगे-पीछे लहराती हुई तुरन्त ही घूँ-घूँ की तेज़ आवाज़ के साथ अपने पंखो को फैलाते हुए उड़ जाती थीं। एक बार उड़ने के बाद वे तेज़ी से दूर चली जाती थीं। वे बगीचे में उगी झाड़ियों में खिले हुए फूलों पर मँडराया करती थीं। जब मैं ऊब जाता था, तब छज्जे पर जाकर मधुमक्खियों को आते-जाते देखता था।

एक बार सुबह मैंने छत पर मरी हुई एक मधुमक्खी को देखा। उसके पैर अन्दर की तरफ़ मुड़ गये थे और संस्पर्शक ढीले पड़कर सिर से सट गये थे। अन्य मधुमक्खियाँ बिना किसी परेशानी के मरी हुई मधुमक्खी के आसपास आने-जाने में व्यस्त थीं। इन परिश्रमी मधुमक्खियों ने ज़िन्दगी को भरपूर जीने का बोध कराया। दूसरी तरफ़ पैरों को अन्दर मोड़े हुए अभी भी उसी जगह सुबह से पड़ी हुई मधुमक्खी ने मुझे पूर्ण रूप से मृत्यु का बोध कराया। वह अगले तीन दिनों तक

वहीं पड़ी थी। उसे देखकर मुझे बेहद शान्ति का अहसास हुआ। शाम के समय जब सारी मधुमक्खियाँ छत्ते के अन्दर चली गयीं, उसको ठण्डी छत पर पड़ी हुई देखकर मुझे अकेलेपन का तीव्र अहसास हुआ। लेकिन साथ ही काफ़ी शान्ति भी महसूस हुई।

रात में तेज़ बारिश हुई थी। अगले दिन आसमान साफ़ हो गया और पत्ते, ज़मीन और छत भी साफ़ हो गयी। अब मधुमक्खी का शव वहाँ पर नहीं था। अन्य मधुमक्खियाँ अभी भी व्यस्त थीं लेकिन मरी हुई मधुमक्खी शायद दीवार के सहारे नीचे की तरफ़ बह गयी थी। वह कहीं कीचड़ पर पड़ी हुई होगी और अभी भी उसके पैर अन्दर की तरफ़ मुड़े हुए और संस्पर्शक ढीले पड़े हुए होंगे। शायद जब तक बाहर कुछ परिवर्तन न हो, तब तक वह वहीं शान्त पड़ी रहेगी। जो भी हो, यह दृश्य बेहद शान्तिपूर्ण था। यह मधुमक्खी पहले तो केवल काम ही करती रहती थी पर अब वह गतिहीन थी। मैं इससे पहले 'हान का पाप' नाम की कहानी लिख रहा था। हान नाम के एक चीनी ने शादी से पहले अपनी पत्नी और अपने मित्र के बीच सम्बन्ध से जलकर अपनी पत्नी को मार डाला। मैंने इस कहानी को हान के दृष्टिकोण से लिखा था। परन्तु अब मुझे लगने लगा है कि मैं मरी हुई हान की पत्नी और उसकी क़ब्र में पसरे सन्नाटे के बारे में लिखना चाहता हूँ। मैंने सोचा कि 'मार दी गयी हान की पत्नी' पर कहानी लिखूँ। मैंने नहीं लिखा था लेकिन मुझे ऐसी इच्छा हो रही थी। मेरी परेशानी यह थी कि मेरी सोच और पहले लिखे उपन्यास के नायक की सोच में काफ़ी अन्तर था।

मधुमक्खी के बह जाने के बाद की बात थी। मैं पार्क जाने के लिए घर से निकल गया। अब मैं वहाँ से मारयामा नदी और जापान सागर देख सकता था। सार्वजनिक स्नानागार के सामने से छोटी-सी नदी रास्ते के बीच में धीरे-धीरे बहकर मारयामा नदी में गिरती थी। वहाँ पुल पर और किनारों पर भीड़ रहती थी और लोग नदी को देखकर शोर करते थे। एक बड़ा चूहा नदी में फेंका गया था और वह तैरकर भागने की कोशिश में जान खपा रहा था। चूहे की गरदन में आठ-दस इंच की लोहे की पतली छड़ घुस गयी थी। वह उसके सिर के ऊपर से गले के नीचे से निकल गयी थी। चूहा पत्थरों की दीवार पर चढ़ने की कोशिश कर रहा था। दो-तीन बच्चे और लगभग चालीस साल का एक रिक्शा वाला चूहे पर पत्थर फेंक रहे थे। लेकिन पत्थर निशाने पर नहीं लग रहे थे। पत्थर दीवार से उछलकर लौट आते थे। दर्शक ज़ोर से हँस रहे थे। चूहा किसी तरह दीवार पर अगला पैर रखकर पत्थरों की चोट से बचने की कोशिश कर रहा था। लेकिन जब

चढ़ने लगता था, तब दीवार में छड़ अटक जाती थी और वह फिर नदी में गिर जाता था। वह किसी तरह बचने की कोशिश में जान खपा रहा था। उसके चेहरे से नहीं, पर बचकर सुरक्षित भागने के उसके अनवरत प्रयास से उसकी जीने की चाहत को शिद्दत के साथ महसूस कर सका। बच्चे और रिक्शा वाले उस पर पत्थर फेंकने लगे। दो-तीन बत्तख़ धोबीघाट के सामने चारा कुतर रही थीं। वे बत्तख़ फेंके गये पत्थर को देखकर घबरा गयीं और अपनी गरदन बढ़ाकर यहाँ-वहाँ देखने लगीं। पत्थर बार-बार पानी में गिर रहे थे और बत्तख़ गरदन बढ़ाकर नदी में आगे निकल गयीं।

मैं अन्त तक नहीं देखना चाहता था। मरने वाला चूहा बचने के लिए भाग रहा था, यही दृश्य मेरी स्मृति में अपना स्थायी प्रभाव छोड़ गया। मुझे गहरी उदासी और दुख ने घेर लिया। यही सच्चाई है, मैंने अपने आपसे कहा। इस तरह मृत्यु का साक्षात्कार एक पीड़ादायक अनुभव है, जो भीतर तक सन्नाटे की तरह अन्तर्मन में पसर जाता है। चाहे मृत्यु के बाद की शान्ति आत्मीय लगे, पर उस तक पहुँचने की राह निश्चित रूप से भयावह होती है। जानवर आत्महत्या करना नहीं जानता, उसको मरने से बचने के लिए संघर्ष करना पड़ता है। यदि मेरे साथ ऐसी घटना हुई होती, जैसी चूहे के साथ हुई थी तो मैं क्या करता। शायद अन्त तक चूहे की तरह बचने की कोशिश मैंने भी की होती। सहसा मुझे याद आया कि दुर्घटना के समय मैंने क्या किया था। मैं अधिक-से-अधिक बचने की कोशिश करना चाहता था। मैंने स्वयं अस्पताल का रास्ता तय किया, वहाँ जाने के तरीक़े खोजे। मैंने जाने से पहले फोन करने को भी कहा था क्योंकि मुझे डर था कि डॉक्टर न होने के कारण मेरे ऑपरेशन की तैयारी में विलम्ब हो सकता था। मुझे बाद में अजीब भी लगा था कि आधा बेहोश होते हुए भी मैंने कैसे ऐसी ज़रूरी चीज़ों पर ध्यान दिया। यह चोट जानलेवा है कि नहीं, यह तो मेरी अपनी समस्या थी परन्तु यह आश्चर्य की बात थी कि मुझे मृत्यु का डर नहीं लग रहा था। "जानलेवा है कि नहीं? डॉक्टर ने क्या कहा था?" मैने बग़ल के दोस्त से पूछा था। "जानलेवा चोट नहीं है" मुझे ऐसा कहा गया था। ऐसा कहे जाने से मेरा साहस अचानक बढ़ गया। उत्साह से भरा हुआ मैं बहुत प्रसन्न हो गया। अगर मुझे कहा गया होता कि मेरी चोट जानलेवा है तो मैं क्या करता। मैं कल्पना भी नहीं कर सकता। शायद मैं उदास हो गया होता। लेकिन ऐसा भी लगा कि मुझे उतना डर नहीं लगा जितना हमेशा कल्पना करता हूँ और ऐसा कहा जाने पर भी मैंने बचने के लिए कुछ न कुछ कोशिश तो निश्चित की होती। यह कोशिश और जो चूहे ने बचने के लिए संघर्ष किया था,

उन दोनों में कोई अन्तर नहीं है। मैंने सोचा कि यदि अब फिर दुर्घटना होगी तो भी मैं ऐसा ही करूँगा। मृत्यु की शान्ति और मृत्यु से बचने की बेचैनी में किये गये प्रयास दोनों ही अपनी जगह सच हैं और हमें कहीं गहरे रूप से प्रभावित करते हैं।

कुछ दिनों के बाद शाम को मैं अकेला नदी के किनारे धीरे-धीरे चल रहा था। नदी की धारा तेज़ हो गयी थी और अब कहीं भी घर या मकान नज़र नहीं आ रहे थे। मैं वापस जाने की सोच रहा था लेकिन मैं बहुत आगे आ चुका था। शाम ढल रही थी और सब तरफ़ फीका हरा रंग छाया हुआ था और हवा बहुत ही ठण्डी थी। चारों ओर सन्नाटा पसरा था जिससे मैं थोड़ा बेचैन हो गया था। एक बहुत बड़ा पेड़ रास्ते के किनारे पर था। रास्ते तक फैली हुई शाखा में केवल एक पत्ता खड़खड़ाते हुए हिल रहा था। बिना हवा, नदी को धारा बहा रही थी। पूरे सन्नाटे में केवल वह पत्ता हिल रहा था। मुझे अजीब लगा। कुछ डर भी था, लेकिन जिज्ञासा भी हुई। मैं उस शाखा के नीचे जाकर कुछ समय के लिए उस पत्ते को निहारने लगा। अचानक हवा बन्द हो गयी। पत्ते का हिलना भी बन्द हो गया। मैंने देखा कि क्या हो रहा था, और मुझे लगा कि पहले भी ऐसा दृश्य मैंने देखा था।

अँधेरा होने वाला था। जितना भी आगे जायें कोना उतना ही आगे खिसकता जाता था। मैंने सोचा कि अब वापस चला जाये। मैंने यूँ ही नदी को देखा तो नदी में पड़ी हुई शिला पर एक काली और छोटी-सी वस्तु नज़र आयी। वह न्यूट थी। वह गीली थी और सुन्दर रंग की थी। वह नदी की धारा की तरफ़ देखते हुए ख़ामोशी से पड़ी हुई थी। उसके शरीर से काली शिला पर पानी की बूँदें टपक रही थीं। मैं उकड़ूँ बैठकर उसको यूँ ही देख रहा था। पर अब वह मुझे नापसन्द नहीं थी, हालाँकि मैं अब भी ज़मीन पर रहने वाली छिपकली को ज़्यादा पसन्द करता हूँ। अब से 10 साल पहले मैं टोक्यो के पास एक पहाड़ी पर ठहरा था। तब मैं अक्सर होटल के पानी के निकास के पास इकट्ठा हुई पानी की छिपकलियों को देखता था और मुझे लगता था कि मैं कभी न्यूट के रूप में पुनर्जन्म नहीं लेना चाहता। उस समय न्यूट से इसलिए नफ़रत करता था कि उसे देखकर ऐसा विचार हमेशा मेरे मन में आ जाता था लेकिन अब तो यह सोच मेरे मन में नहीं आती। मैंने सोचा कि न्यूट को चौंकाकर पानी में गिरा दूँ। वह अपने शरीर को हिलाकर भाग जायेगी। मैंने उकड़ूँ बैठे हुए एक कंकड़ उसकी ओर फेंक दिया। मैंने निशाना नहीं लगाया। मैंने बिलकुल नहीं सोचा था कि कंकड़ न्यूट से टकरा जायेगा क्योंकि निशाना मारना मुझे अच्छी तरह नहीं आता। कंकड़ शिला से टकराकर पानी में गिर गया। कंकड़ की आवाज़ के साथ-साथ वह छिपकली 5 इंच बग़ल में उछल गयी।

उसने अपनी दुम को ऊँचा मोड़ा। उसे क्या हुआ, यह मुझे ठीक से समझ में नहीं आया। मुझे नहीं लगा कि कंकड़ उससे टकराया था। उसकी दुम अपने आप नीचे गिर गयी। शिला पर टेकी हुई उँगलियाँ अन्दर मुड़ गयीं और न्यूट निरुत्साहित होकर आगे गिर गयी। अब वह चेतन नहीं थी, जड़ हो गयी थी। वह अब मर चुकी थी।

मैंने सोचा कि यह मैंने क्या कर दिया। मैं अक्सर कीड़ों को मारता था लेकिन अब बिलकुल मारने का मन नहीं था फिर भी मैंने न्यूट को मार डाला। मैं आपने आपसे परेशान हो गया था। जो मैंने कर दिया, वह शुरू से अन्त तक संयोग से हुआ था। न्यूट के लिए आकस्मिक मृत्यु थी। मैं बैठा रहा। मुझे ऐसा महसूस हो रहा था, जैसे इस दुनिया में केवल मैं और पानी की वह छिपकली। उसके न होने का अहसास मुझे परेशान कर रहा था। मुझे दुख के साथ हर चेतन जीव का अकेलापन सता रहा था। मैं संयोग से बच गया, न्यूट संयोग से मर गयी। मैं अकेला था और अपने होटल की ओर वापस जा रहा था। दूर से शहर की रोशनी दिखाई दी। मरी हुई मधुमक्खी को क्या हुआ था? शायद वह बारिश से कीचड़ के नीचे घुस गयी होगी। उस चूहे को क्या हुआ? शायद समुद्र में बहकर कूड़े के साथ समुद्र के किनारे पर पड़ा होगा। और बचा हुआ मैं अब यहाँ से जा रहा हूँ। मैं जानता था कि मुझे उनका एहसानमन्द होना चाहिए। लेकिन असल में मुझे ऐसा अहसास कभी नहीं हुआ। जीना और मरना दो विपरीत छोर नहीं हैं। मुझे लगा कि उन दोनों में बहुत फ़र्क़ नहीं है। अब काफ़ी अँधेरा हो गया था। सिर्फ़ दूर की रोशनी नज़र आ रही थी। ज़मीन पर रखा हुआ मेरा पैर सुन्न हो गया था। केवल मेरा दिमाग़ काम कर रहा था और गहरी सोच में डूबा हुआ था।

तीन महीने वहाँ रहकर मैं अपने शहर लौट गया था। अब तीन साल हो गये हैं। मेरी पीठ अब क्षय रोग से मुक्त है।

अनुवाद : चिअकि सुज़ुगी

उम्मीद की किरणें

•

आर. वीरासुरिया

नानी माँ के घर के पीछे तक जाने वाली दहलीज़ पर बैठी हुई पवित्रा पीले और उज्ज्वल वर्ण से युक्त सुबह के सूरज को देख रही है। सुबह दस के आसपास का समय है। अभी कुछ देर पहले ही सिरि मामा का ट्रैक्टर इधर से गुज़रा है। लगभग एक महीने पहले, जब से वह नानी के घर आयी है, तब से प्रतिदिन वह इसी समय यहाँ से निकलता है। कुछ ही देर में सूरज की किरणें बहुत ही तेज़ हो जायेंगी और नीले आसमान को उज्ज्वलित करते हुए धरती, वृक्ष, लताओं पर बहुत ही प्रचण्ड रूप से अपना प्रभाव डालेंगी। लेकिन तब भी बड़े-बड़े पेड़ों को हिलाते हुए, हरी-भरी ज़मीनों के बीच से चलती हुई हवा गर्माहट को दूर कर देती है। इसलिए पवित्रा को गर्म धूप से ज़्यादा चलने वाली हवा का छू जाना बहुत ही प्रिय लगता है। जब तेज़ हवा कपड़े के भीतर से शरीर को स्पर्श करती है तो उसकी अनुभूति कुछ और ही होती है। गर्माहट कम करने में नीम के पेड़ों का भी योगदान है, जो यहाँ पर पर्याप्त मात्रा में हैं। पवित्रा ने इतने बड़े-बड़े नीम के पेड़ पहले कभी नहीं देखे थे। पर्वतीय प्रदेश के केगल्ल ज़िले में स्थित उसके गाँव में मात्र दो नीम के पेड़ हैं। उनमें से एक पवित्रा के दोस्त वजिरा के घर में था। कुछ देर तक वह वजिरा के विषय में सोचती है तथा उसे बहुत याद करती है। वजिरा और सुमने अइया के अतिरिक्त पवित्रा को अपना गाँव छोड़ने का कोई पछतावा नहीं है। यादों में खोयी हुई पवित्रा को अपने शरीर में थोड़ी जलन महसूस होती है। वह अभी सूखेपन और गर्म मौसम की अभ्यस्त नहीं थी। फिर भी उसे दिन का उजाला पसन्द था। और वह रात में डरती थी। रात में वह आधी रात तक करवट बदलते हुए

जागती रही है और सुबह मुर्गे की आवाज़ से पहले जग जाती है। बिस्तर पर करवट बदलती हुई वह अपने बीते दिनों को याद करती है। जब नानी पाँच बजे तक जग जाती थी तो वह भी बिस्तर से उठकर उन्हें भोजन बनाने में मदद करती थी। शुरू में उसे यह पसन्द नहीं था, लेकिन बाद में उसे अपनी नानी माँ के साथ भोजन बनाना अच्छा लगने लगा।

पवित्रा की नानी माँ पैंसठ साल के आसपास थी। उनकी काम करने की इच्छा प्रशंसनीय है। वह काम में ही अपनी सन्तुष्टि प्राप्त कर लेती है। सिर के बीच में थोड़े-से उजले बाल और होंठों पर हमेशा मुस्कुराहट लिये वह ऊर्जावान औरत है। सभी जीवित प्राणियों के लिए उनके मन में असीम करुणा है। उनके दर्शन से पवित्रा की आत्मा उल्लसित होती है। उनकी त्वचा का गहरा भूरा रंग सूरज की तपिश के कारण उत्पन्न हुआ है, जिसको देखकर पवित्रा को ऐसा लगता है कि उनकी लालिमा उनकी करुणा और उनके स्वास्थ्य को बढ़ाती है। वह सुबह पाँच बजे तक उठ जाती है और साढ़े छह बजे तक सुबह का नाश्ता एवं दोपहर का भोजन बनाकर अपना काम समाप्त करती हैं। उसके बाद वह अपने दो पोतों को स्कूल भेजने में व्यस्त हो जाती है। अन्त में वह घर की सभी वस्तुओं को व्यवस्थित करती है। इसके पश्चात् दोनों मामा के लिए ख़ाना बाँधकर वह उनके साथ अपने खेत की तरफ़ निकल जाती है। वह पवित्रा को अपने साथ चलने के लिए नहीं बुलाती है। उनका कहना है कि पहले व्यवस्थित हो जाओ, फिर धीरे-धीरे अपना मन पक्का करो। पवित्रा मानसिक रूप से अब तक व्यवस्थित नहीं हो पायी थी। वह हमेशा अपने जीवन में घटित होने वाली घटनाओं की तुलना अपनी नानी माँ के साथ करती है। उसकी नानी माँ और दोनों मामा के पास ज़मीन है। यद्यपि उनकी ज़मीन बहुत बड़ी नहीं है, फिर भी आराम से रहने के लिए पर्याप्त है। पवित्रा के पिता का भी गाँव में छोटे-से घर के साथ ज़मीन का एक टुकड़ा था। इस ज़मीन के छोटे-से टुकड़े के कारण कितनी फ़रियाद एवं हिंसा का सामना करना पड़ा। यह मेरी ज़िन्दगी में कितना कष्ट एवं अशान्ति लेकर आया है-पवित्रा एक आह के साथ याद करती है।

सत्रह साल की पवित्रा तीन भाई-बहनों में सबसे बड़ी है। वह अपने दो छोटे भाईयों के साथ क़रीब एक महीने पहले अपनी नानी माँ के घर रहने आयी थी। वास्तव में इन लोगों को अपने ही रिश्तेदार, परिचित और सगे-सम्बन्धी जनों के विद्वेष की वजह से मजबूर होकर नानी माँ के घर आना पड़ा था। पवित्रा और उसकी माँ के प्रति उसके चाचा और उनके परिवार का बैरभाव तब और भी बढ़

गया, जब वे लोग अपनी सुविधानुसार अपने घर और ज़मीन तक पहुँचने के लिए अलग से रास्ता होने के बावजूद पवित्रा के घर से सटी हुई पट्टी का उपयोग करने लगे। यद्यपि बाहर के अन्य लोग उसी पट्टी का प्रयोग कर उसके चाचा के घर आने-जाने लगे। तब पवित्रा के घर जाने वाली पट्टी की चौड़ाई मात्र पाँच फुट तक रह गयी। पर जब पवित्रा बड़ी हो गयी, तब उसकी माँ को दूसरे व्यक्तियों के द्वारा आने-जाने के लिए इस पट्टी का उपयोग करना पसन्द नहीं आया। ख़ासतौर पर उसे माइकल बिलकुल पसन्द नहीं था और उसका अपने दोस्तों के साथ इस पट्टी को पार करना भी पसन्द नहीं था। जब वह अपना मत माइकल की माँ को बताती है तो उस पट्टी पर माइकल का आना-जाना कम हो गया, लेकिन पूरी तरह से बन्द कभी नहीं हुआ।

पवित्रा के पिता एक शिक्षित एवं समझदार आदमी थे, हालाँकि वह एक राजगीर के रूप में कार्य करते थे। उन्हें पढ़ने का जुनून था। पवित्रा को भी पढ़ने का जुनून था। वह अपने पिता से भी अधिक पढ़ने का शौक़ रखती थी। उसने घर पर ही पुस्तकों का अच्छा संग्रह तैयार कर लिया था। अपने आपमें उसका परिवार ख़ुश एवं मज़बूत बन्धन में बँधा था। उसका घर बहुत शान्त था जबकि बाहर अक्सर व्याकुलता और कोलाहल का वातावरण था। यद्यपि पवित्रा के पिता ज़्यादातर दूरस्थ स्थानों में काम किया करते थे वे देर रात तक काम वाले दिनों को छोड़कर काम के बाद रोज़ घर आया करते थे। माइकल एक दुष्ट और शराबी व्यक्ति था जिससे दुश्मनी हो जाने पर उन दिनों पवित्रा डर रही थी और अपने पिता के बारे में भी चिन्तित रहती थी। वे उन दिनों की बात है जब उसके पिता काम के दौरान पाट से गिरकर गम्भीर चोट लग जाने के कारण गुज़र गये थे। वह भयंकर रात अभी भी उसकी स्मृति में ताज़ा है।

उस रात वह रसोई के पीढ़े पर बैठकर खिड़की के पास की मेज़ पर रखी हुई मिट्टी के दीपक की टिमटिमाती पीली लौ को एकटक देख रही थी। उसकी विचारधारा उसके पिता पर केन्द्रित थी। उस समय उसकी माँ सिल-बटटे पर मिर्ची पीस रही थी। सिल-बट्टे की आवाज़ कई बार पवित्रा का ध्यान अपनी ओर खींच रही थी। अचानक खिड़की से आये हवा के तीव्र झोंके ने दीये के प्रकाश को तीव्र करते हुए लगभग बुझा दिया। तब पवित्रा ने जल्दी से उठकर बत्ती को फिर से ठीक किया तो दीपक की लौ और तेज़ हो गयी। उसकी माँ मिर्ची पीसना समाप्त करके, इकट्ठा हुए मिर्ची के गूदे को एक छोटी कटोरी में रखकर, हाथ अपने कपड़ों से पोंछकर बैठक की ओर कुछ क़दम जाती है। "नौ बजने में बीस मिनट

बाकी हैं।'' वह पवित्रा की तरफ़ देखते हुए घबराहट के स्वर में कहते हुए चूल्हे की तरफ़ जा रही थी। उसने लकड़ियों के छोटे टुकड़े को मन्द आग पर डाल दिया, जिससे आग तेज़ हो गयी और उसका चेहरा एक लाल चमक के साथ दमकने लगा। ''आज इतनी देर क्यों हो रही है?'' पवित्रा ने माँ को बोलते हुए सुना। तभी एक उल्लू की आवाज़ ने उसे चौंका दिया। वह रसोई से उठकर बैठक की ओर तेज़ी से गयी, जहाँ उसका छोटा भाई एक कुर्सी पर सो रहा था। वहाँ जलते हुए दीपक की चिमनी चिराग़ की कालिख से हल्की-सी ढक गयी थी। जब वह चिराग़ को धीमा करके छोटे भाई को उठाकर चारपाई तक ले जाने को होती है, तभी सामने खुली हुई खिड़की से एक मशाल को ऊपर-नीचे होते हुए देखती है। वहाँ से कई आवाज़ें आ रही थीं, लेकिन वे लोग क्या बात कर रहे थे, पवित्रा स्पष्ट रूप से नहीं सुन पा रही थी। तभी उनमें से एक आदमी पवित्रा की माँ का नाम लेकर चिल्लाया। एक ही क्षण में उसकी माँ अपने विगत को भूलकर मशाल की ओर तेज़ी से निकल जाती है। तब सन्त्रास के साथ पवित्रा भी कुर्सी पर सोते हुए भाई को उसी जगह छोड़कर माँ के पीछे तेज़ी से जाती है।

''विलियम मचान से गिर गया है, वह घायल हो गया है।'' अँधेरे में किसी पुरुष की आवाज़ प्रतिध्वनित हो रही थी। ''मेरे पिता को क्या हुआ?'' पवित्रा भयभीत होकर ज़ोर से चिल्लायी। मशाल की रोशनी में उसने अपनी माँ को लोगों से बात करते हुए और उसी क्षण उसे ज़मीन पर गिरते हुए देखा। पवित्रा ने आने वाले ख़तरे को महसूस किया। उसे अपने चारों तरफ़ सब कुछ चक्राकार घूमते हुए प्रतीत हुआ। वह लगभग बेहोश हो गयी और उसे सामान्य होने में उसे कुछ देर लगी।

जब उसके पापा को ताबूत में लिटाकर उसके छोटे से घर के बीच में रखा जाता है, तब अपने पापा के मृत शरीर को अपने पास देखकर पवित्रा की पीड़ा व दुख असहनीय हो जाते हैं। वह बार-बार शान्त होकर दुख को झेलने के लिए स्वयं से संघर्ष करती है। वह भ्रमित महसूस कर रही थी और एक ही प्रश्न उसे बार-बार परेशान कर रहा था कि- ''मैं अपने पिता के बिना कैसे रहूँगी?'' उसकी आँखें हर एक व्यक्ति से दूसरे व्यक्ति तक अपने प्रश्नों के उत्तर तलाश रही थी जो उसके पिता को अन्तिम श्रद्धांजलि देने के लिए एकत्र हुए थे। ताबूत के पास जलाये गये दीपक की लौ को एकटक निहारते हुए वह अतीत के बारे में सोचने लगी- ''मेरे पिता ने हज़ारों लोगों के रहने के लिए घर बनाये हैं, लेकिन उनको अपना छोटा-सा घर आज अचानक हमेशा के लिए छोड़कर जाना पड़ा। पवित्रा के पास बहाने के लिए आँसू नहीं थे। उसे यह बात अजीब लगी कि जो लोग उसके घर पर आज

एकत्र हुए थे, उनमें से कई लोग कभी भी उसके पिता के जीवित रहने पर न उनसे मिलने आये थे और न ही उनसे कभी बात की थी। इस बात से पवित्रा और परेशान हो गयी थी कि वे लोग हाथ जोड़कर प्राणशून्य शरीर को सम्मान दे रहे थे। उसकी नानी माँ दीपक के पास ही बैठी थी, जब उसके मृत पिता को लोग श्मशान ले जाने के लिए तैयार होते हैं। अचानक कहीं से माइकल आ जाता है और वह ताबूत के सामने जाकर अपने घुटनों पर गिर जाता है। उसे ऐसा करते देख पवित्रा ख़ुद से सवाल करती है कि यह सचमुच दुखी है या अपने प्रतिवादी से छुटकारा प्राप्त कर ख़ुश है। श्मशान में जब ताबूत को क़ब्र में उतारा जा रहा था, तब पवित्रा को सब कुछ धुँधला अस्पष्ट-सा महसूस हुआ। वह अपने पिता के ताबूत पर दूसरों की तरह बालू नहीं छिड़कती है।

जब वह श्मशान से अपनी नानी माँ का सहारा लेकर वापस आ रही थी, तब उसको हर तरफ़ उसके पिता ही नज़र आ रहे थे- रास्ते में, पेड़ों के बीच में, धारा के पास और ढलान की ओर। घर के सामने पहुँचकर वह चारों ओर नज़र दौड़ाती है। वह सब कुछ, जो उसके पापा ने छुआ था, सेवन किया था, जो उनको पसन्द था, बिलकुल वैसे ही था, जैसे वह उसके पापा के जीवित रहने पर था। चरम आवेग उसके ऊपर हावी हो जाता है। वह अपने पिता को चिल्लाते हुए पुकारती है तथा लगातार चिल्लाने एवं रोने से वह बार-बार बेहोश हो जाती है।

परिवार में पुरुष के न होने से उसके घर में सदा दुख और असुरक्षा का ही माहौल बना रहा। दोनों महिलाओं की ज़िन्दगी उदासी और अनिश्चितता की भावनाओं में हिचकोले खा रही थी, जिनमें से एक अपनी युवावस्था की ओर अग्रसर थी तो दूसरी अपनी प्रौढ़ावस्था के अन्तिम पड़ाव पर थी, लेकिन जब पवित्रा असुरक्षा की भावना से डरी हुई थी, उसकी माँ ने स्त्री-साहस का नमूना अनेक बार पेश किया।

पिता के निधन के लगभग दो सप्ताह पश्चात् एक दिन माइकल ने ऑटोरिक्शा से अपने तीन दोस्तों के साथ उसी पट्टी पर से अपने घर पहुँचने की कोशिश की, तब पवित्रा की माँ ने उनका जोरदार विरोध किया- "तुम कहाँ जा रहे हो? हमारी ज़मीन से जाने की कोशिश मत करना।" वह उस पर ज़ोर से चिल्लायी।

माइकल उसके सामने खड़ा हो गया और कहा- "वह कैसे? यह हमारी ज़मीन है।" ऐसा कहते हुए नफ़रत भरी मुस्कुराहट उसके चेहरे पर फैल गयी।

"तुम क्या कह रहे हो? यह मेरे और मेरे बच्चों की ज़मीन है," वह चिल्लायी।

"ओह आपके बच्चे," वह काँपती हुई अपनी माँ के पास खड़ी पवित्रा की ओर तीव्र नज़र से देखकर कहता है। जब वह अपनी भूमि तक पहुँचने के लिए उस पट्टी से जाने के लिए ज़बरन कोशिश करता है तो उसकी माँ ऑटोरिक्शा के सामने आकर खड़ी हो जाती है।

"मैं तुम्हें इधर से कभी नहीं जाने दूँगी," उसने उदासीन लेकिन दृढ़ भाव से कहा।

"अरे गन्दी औरत, मैं जानता हूँ कि तुम कौन हो?" वह धमकी देते हुए चिल्लाया और कुछ समय बाद अपने दोस्तों के साथ वहाँ से निकल गया।

उसके बाद पवित्रा की माँ का माइकल से लगातार झगड़ा एवं अपमान का सिलसिला चलता रहा। इन सबसे परेशान होकर पवित्रा की माँ ने क़ानूनी सहायता लेने का फ़ैसला किया। उसकी माँ एक प्रतिभाशाली सशक्त महिला दर्ज़ी थी। यही दर्ज़ी का कार्य अपने पति के निधन के पश्चात् कमाई का ज़रिया था। इस कार्य को करते हुए उसका कई प्रभावशाली व्यक्तियों से भी सम्पर्क बना, जिन्होंने उसको मुक़दमा दर्ज कराने में सहायता भी प्रदान की। मुक़दमे का फ़ैसला पवित्रा की माँ के पक्ष में आया। उसे बाहरी लोगों के आवागमन हेतु इस मार्ग को रोकने की अनुमति मिल गयी। फिर भी क़ानून का फ़ैसला माइकल जैसे ठग लोगों पर लागू नहीं किया जा सकता था। अब क़ानूनी लड़ाई लड़ने के लिए पवित्रा की माँ के पास न तो धन था और न ही उनकी ऐसा करने की इच्छा थी। अदृश्य ख़तरा उन लोगों के मन में हमेशा के लिए घर कर गया था जिससे पवित्रा को स्कूल जाना बन्द करना पड़ा। रात में वे लोग डर के मारे काँप उठते थे। पीछे के दरवाज़े से आने वाली मन्द रोशनी अक्सर उन लोगों को डरा देती थी। उन लोगों की भलाई के लिए पवित्रा की माँ ने अन्त में गाँव की अपनी सम्पत्ति छोड़ने का फ़ैसला किया।

चौदहवें साल की उम्र में जब पवित्रा ने युवावस्था में प्रवेश किया तो उसने जीवन को तीव्र और आनन्द से भरा हुआ पाया। लेकिन जल्दी ही उसने महसूस किया कि जीवन की हिंसक कुरूपता में कड़वे अनुभव भी छिपे हुए हैं।

वह एक विशेष शाम को याद करती है। उसके दो छोटे भाई घर के पिछवाड़े में खेल रहे थे, और वह कमरे में आईने के सामने ख़ुद को निहारते हुए अपनी बालियों की जोड़ी को देख रही थी, जो उसके पिता ने उसके बड़े होने पर उपहार स्वरूप उसे दी थी। वह आईने में अपने आपको दोनों तरफ़ से देखती है तथा पहनी हुई बालियों के दोलन को देखने के लिए अपना सिर हिलाती है। बालियाँ उसके कान पर लटक रही थीं। अपना पूरा प्रतिबिम्ब आईने में देखकर उसको

राजकुमारी जैसा गर्व महसूस हो रहा था। उसके सौन्दर्य को बढ़ाने में उसके मोटे बाल पर्याप्त योगदान दे रहे थे। जब वह इनको ढीला छोड़ देती है तो उसके बाल कन्धे पर लटक जाते हैं जिससे उसके चेहरे की सुन्दरता अत्यधिक बढ़ जाती है। अपने चेहरे और बालों की प्रशंसा वह अपने कानों से सुन चुकी है। फिर भी वह डरी हुई थी और अपनी सुन्दरता दिखाने से डर रही थी। इसी वजह से वह कभी भी बाहर जाते समय अपने बालों को खुला नहीं छोड़ती थी। जब पवित्रा अपने सौन्दर्य को देख रही थी, तभी अचानक उसने आईने में देखा कि सामने के दरवाज़े से कोई अन्दर आ रहा है। वह पीछे मुड़ी और माइकल को अपने कमरे के दरवाज़े पर देखकर घबरा गयी थी। यह कैसे आया, वह नहीं जानती थी। एक डर बिजली की कौंध की तरह उसके अन्दर पैदा हो जाता है। वह कमरे से बाहर भागने के लिए तेज़ी से दौड़ने की कोशिश करती है। पर उसी क्षण माइकल रास्ता रोकते हुए पवित्रा के सामने आ गया था। शराब की गन्ध पूरे कमरे में व्याप्त हो गयी थी। जब उसने पवित्रा को गले लगाने की कोशिश की, तब वह पूरी ताक़त से उसे धक्का देकर, पसीने से सराबोर कमरे से बाहर भाग गयी, जब तक वह ढलान के पास तक नहीं पहुँच गयी। उसने अपनी माँ और पिता से यह बात हमेशा के लिए छुपाकर रखी क्योंकि उसे पता था कि वे लोग इस बात पर कैसे प्रतिक्रिया करेंगे।

अपने पिता की मृत्यु के पश्चात् धीरे-धीरे पवित्रा पास-पड़ोस में रहने वाले लोगों के पाखण्ड का अहसास करने लगी थी। उसने माँ के प्रति पैतृक रिश्तेदारों की धोखाधड़ी को विस्मय के साथ देखा था। लम्बे समय से उसके पिता के अच्छे दोस्त अब माइकल के परिवार के क़रीबी सहयोगी बन गये थे। यद्यपि ज़्यादातर पड़ोसी खुले तौर पर तो उनके प्रति सहानुभूति रखते थे, लेकिन चुपचाप वे लोग परिवार के प्रति विरोध का आनन्द भी लिया करते थे। दूसरे लोगों की बातों में आसक्त रहने की रुग्ण मानसिकता और उन्हें अपमानित करने की अतृप्त इच्छा की वजह से पवित्रा को उन लोगों से डर लगने लगा था। लेकिन वहाँ भी शैतानों के बीच भगवान थे। वह है सुमने अइया। वह माइकल का चचेरा भाई था जो माइकल के परिवार के साथ रहने के लिए आया था। जहाँ वह कार्य करते थे, वहाँ माइकल के घर से आना-जाना सुविधाजनक था। पवित्रा ने शायद ही उन्हें दिन में कभी देखा हो, क्योंकि वह हमेशा सुबह घर से निकल जाते थे और देर रात को घर वापस आते थे। वह एक शान्त, सुशील व्यक्ति थे और उससे लगभग दस साल बड़े थे। पवित्रा ने उनको पहली बार क़रीब से बस स्टैंड पर देखा था जिस दिन पवित्रा और उसके दोस्त को बस पर चढ़ाने के लिए वे आये थे। उसके बाद

कई बार स्कूल के बाद उसने अभिरुचि के साथ उनके बारे में सोचना शुरू कर दिया था। वह जब भी सुमने अइया के विषय में सोचती, तब अपने आपको सुखद अहसास के साथ हवा में उड़ते हुए पाती। कई बार वह ख़ुद के और उनके बीच में एक अस्पष्ट अन्तरंगता महसूस करती है।

दोनों परिवारों के बीच में जो कुछ हो रहा था, उन सबमें सुमने अइया मजबूर एवं अशक्त प्रेक्षक थे। उन्हें पवित्रा के साथ बात करने का कोई भी रास्ता नहीं सूझ रहा था।

पवित्रा को एक दिन वजिरा के माध्यम से उनका एक पत्र प्राप्त हुआ जिससे ऐसा प्रतीत हुआ मानो यह पत्र उनके भीतर छिपी भावनाओं का विस्फोट हो, पर सुमने अइया के व्यक्तित्व में उसे सच्चाई का भाव महसूस हुआ, यद्यपि अब तक वह पुरुषों से डरती थी।

जब उन्हें पवित्रा के गाँव छोड़कर जाने की बात पता चलती है तो उन्होंने वजिरा से विनम्रतापूर्वक घर में पवित्रा को मिलने के लिए कहलवाया। पवित्रा कई बार सोचने के बाद सुमने अइया से वजिरा के घर मिलने के लिए गयी थी। उस समय सुमने अइया दुखी और अत्यधिक विचलित थे। उसने पवित्रा से कहा था कि वह किसी दिन उससे शादी करेगा और उससे गुज़ारिश भी की थी कि वह जहाँ कहीं भी रहे, उसके आने का इन्तज़ार करे।

सुमने अइया ने उसे सम्पर्क के लिए जो पता दिया था, उस पते पर पवित्रा ने तीन सप्ताह पहले पत्र भेजा था लेकिन अब तक उसे कोई जवाब प्राप्त नहीं हुआ था। 'उनके साथ क्या हुआ?' यह सोचकर पिछले तीन सप्ताह से वह विचलित थी। एक पुरुष और महिला के बीच में होने वाले प्रेम के सम्बन्ध में पवित्रा की अपनी कुछ शर्त थी, फिर भी उसके मन में सुमने से कुछ उम्मीदें थीं। उसका मानना था कि यह मन की एक अवस्था है और यहाँ पर हर कोई जल्दबाज़ी में नहीं पहुँच सकता है। वह इसमें डुबकी लगाने की जल्दबाज़ी में नहीं थी। उसके अधिकांश सहपाठी ऐसा करके उलझन में पड़ गये थे। उसको विश्वास था कि जहाँ कहीं भी प्रेम है, वहाँ आपस में एक-दूसरे के प्रति गहरा सम्मान होना चाहिए। उसके माता-पिता ने ऐसा ही प्रेम किया था, जिन पर उसका विश्वास था। उसका मन अपने अंग्रेज़ी के अध्यापक की ओर चला जाता है जो एक कठिन शब्द की व्याख्या करते हुए कक्षा में उसके एक़दम क़रीब आकर खड़ा हो गया था। वह उसके बहुत क़रीब था, इतना क़रीब कि उसका हाथ पवित्रा के हाथ को स्पर्श कर रहा था। उस समय पवित्रा ने अपना हाथ बिजली की तरह तेज़ी से खींच लिया

था। उसके इस भाव को देखकर उस अध्यापक का मन विनोद से भर गया था। बीती हुई घटनाओं को याद करते हुए पवित्रा दरवाज़े का सहारा लेकर खड़ी हो गयी। 'उसने ज़रूर शादी कर ली होगी।' वह अन्दाज़ा लगाती है। उसको याद है कि उस घटना के बाद उस अध्यापक ने न तो उसके साथ बात की और न ही कभी उसका चेहरा देखा।

एक साइकिल की घण्टी की आवाज़ से वह अपने ख़यालों से जग जाती है। यह डाकिये की परिचित आवाज़ थी जो हर रोज दिन में इसी समय सुनाई पड़ती थी। लगता है कि वह घर के आगे निकल गया है क्योंकि घण्टी की ध्वनि उसके कानों में धीमी सुनाई पड़ रही थी। दूर-दूर तक खेतों पर फैली हुई सूरज की रोशनी और उसमें उभरने वाले कुछ आकारों को वह देखती है और महसूस करती है– 'यहाँ सचमुच ज़िन्दगी है।' जिस दिन पहली बार उसने नानी माँ की ज़मीन पर क़दम रखा था, जहाँ घास झुलस गयी थी और सूरज की गर्मी असहनीय थी, उस दिन उसको डर लग रहा था कि उसकी ज़िन्दगी में अब क्या होने जा रहा है। वह अपने आपको अब शुष्क क्षेत्र के केन्द्र में पाती है जहाँ पानी की विरलता है, शुष्क मौसम है और उसे यह लगता है कि ये बातें उसके जीवन का अभिन्न हिस्सा बन जायेंगी। बाद में उसको महसूस हुआ कि गाँव प्राचीन शहर सीगीरिया से केवल कुछ ही मील की दूरी पर है, जिसके विषय में वह अपने अध्यापकों से कई बार सुन चुकी थी। पर उसका डर नानी माँ के साथ होने वाले संवादों से धीरे-धीरे कम होता गया।

"यहाँ पानी की कोई कमी नहीं है। हमारे यहाँ के कुएँ कभी भी सूखते नहीं हैं और वहाँ पर जो तालाब है वह हमारे लिए सबसे बड़ा आशीर्वाद है जिसके बिना हम लोग खेती नहीं कर सकते," नानी माँ ने तालाब की ओर इशारा करते हुए पवित्रा से कहा।

तालाब धूप में सलेटी रंग के चौखटे की तरह चमक रहा था।

यहाँ की मिट्टी उपजाऊ है और ग्रामीण भूमिधर हैं। वे लोग कड़ी मेहनत से उगायी गयी अपनी फ़सलों पर गर्व महसूस करते हैं। एक ट्रैक्टर या लॉरी के मालिक होने के साथ ये लोग परिवहन साधनों के भी स्वामी थे और अपने तरीक़े से धनी थी। यहाँ के लोगों को देखकर पवित्रा को लगा कि इन लोगों को अपना घर पुनर्निर्माण करके सुन्दर बनाने एवं अपने जीवन को शानदार बनाने की कोई चिन्ता नहीं थी। अधिकांश घरों की दीवारों पर आख़िरी पोताई तक नहीं हुई है, जहाँ से सलेटी रंग की सीमेंट की दीवारें दिखाई पड़ती हैं। नानी माँ के घर की तरह कुछ

मकानों में कभी नयी पोताई नहीं की गयी है। बिना किसी तिलिस्म के यहाँ के लोग जिस प्रकार जी रहे थे, उसमें ख़ुश थे। हाँ धान के अलावा ढेर सारा हरा चना और तिल के बीज भी घरों के आसपास जमा करके रखे गये थे। कई तरह की सब्ज़ियाँ भी यहाँ प्रचुर रूप से उगायी जाती हैं। मूलत: यह ज़मीन सरकार की थी और लोग स्वामित्व के बिना उस पर खेती करते थे।

''उस समय जीवन बहुत मुश्किल था,'' पवित्रा की नानी ने कहा– ''अस्थायी रूप से निर्मित निवासों के आसपास हाथियों को अक्सर देखा जाता था जो खेती को भी नुक़सान पहुँचाते थे। लगभग बीस साल पहले जब सरकार ने भूमि को विभाजित करके यहाँ के निवासियों को प्रदान किया था, उसी समय तुम्हारी माँ ने अपने मन से शादी कर ली और उसके कुछ ही महीने बाद तुम्हारे नाना को हाथी ने कुचल दिया।'' अपने अतीत को थोड़ा खोलते हुए उन्होंने पवित्रा से कहा। जब नानी ने बताया कि आज भी रात के समय इस क्षेत्र में हाथियों का दर्शन दुर्लभ नहीं है, तब पवित्रा घबराहट के साथ उठ खड़ी हुई।

''डरना मत बेटा, सब कुछ ठीक हो जायेगा,'' उसकी नानी माँ ने पवित्रा को देखते हुए आश्वस्त भाव के साथ कहा। वह आगे कहती है– ''मत भूलना कि यहाँ जीवन हमेशा एक ख़तरा है और इसे देखते हुए हम बीस साल से यहाँ जी रहे हैं।''

अपने परिवार में हाल की परिस्थितियों को याद करते हुए पवित्रा महसूस करती है कि अगर उसके पापा की अचानक मौत नहीं हुई होती तो वह अपनी सामान्य शिक्षा की परीक्षा में उत्तीर्ण हो जाती। पवित्रा और उसके दो भाइयों को नानी माँ की ज़िम्मेदारी पर छोड़कर उसकी माँ का अचानक विदेश जाने का निर्णय, अपनी ख़ुशहाली के लिए नहीं था, अपितु अपना एक घर बना लेने का सपना पूरा करने के लिए था। उसको अपनी माँ की बहुत याद आ रही थी। उसकी माँ को हमेशा यह बात सालती थी कि छोटे-से घर के एक ही कमरे में अपने बच्चों के साथ गुज़ारा करना पड़ता था। इसके बारे में वह पवित्रा के पिता से अक्सर बात करती थी, और वह सहमति में अपना सिर हिला दिया करते थे। पवित्रा याद करती है कि इसी तरह के संवाद के अन्त में प्राय: उसके पिता अपनी जगह से खड़े होकर बरामदे के कोने में जाकर चारों ओर निहारने लगते थे। ऐसे अवसरों पर पवित्रा अक्सर अनुमान लगाती है कि ''उसके पिता ज़रूर अपने प्रस्तावित नये घर की चौहद्दियों का सीमांकन करते होंगे।'' इसके बाद घर के अन्दर उसके पिता बुदबुदाते थे और कई बार अपने नंगे सीने पर हाथ रगड़ते थे।

पवित्रा पिछवाड़े की ओर निकल जाती है। दूर धान के खेतों का हरे रंग का प्रसार सूरज की किरणों से सराबोर प्रतीत होता है। तभी अचानक तेज़ हवा का झोंका डोरी पर लटकाये हुए कपड़ों को इधर-उधर हिलाते हुए एवं कुछ कपड़ों को नीचे गिराते हुए चलने लगता है। "बेटा! तुमको मन और शरीर दोनों से मज़बूत होना चाहिए," ज़मीन पर गिरे हुए कपड़ों को वापस डोरी पर डालते हुए वह नानी माँ के शब्दों को याद करती है।

वह ख़ुश थी कि उसने पिछली शाम को नानी माँ से सुमने अइया के विषय में अपने राज़ की बातें बता दी थीं। घर के बाहर दिन भर का काम समाप्त हो जाने पर शाम को जब सूरज की मद्धिम किरणें पेड़ों की पत्तियों से छनकर पृथ्वी पर पड़ती है, तब उस समय पवित्रा की नानी माँ नदी में स्नान करने के लिए चली जाती हैं। जब वह वापस आती है तो अपने साथ पत्ती या सूखी लकड़ियों की गठरी ले आना नहीं भूलती है। कभी वह स्नान के बाद अपने पशुओं को घास के मैदान से चराकर वापस आने वाले एक नौजवान लड़के के साथ बात करते हुए दिखाई पड़ती है। पिछले दिन शाम को जब पवित्रा अपनी नानी माँ के पास बैठी थी, उसकी नानी माँ के चेहरे पर ताज़गी थी। उसकी काली त्वचा चमक रही थी और बाल थोड़े गीले हो गये थे। वह पीछे के दरवाज़े के सामने पीढ़े पर बैठकर सूप को अपनी गोद में रखकर चावल से कंकड़ों को निकाल रही थी। पवित्रा नानी माँ के सामने अपनी कोहनियों को मेज़ पर रखकर, दोनों हाथ चिबुक पर रखकर वहीं पड़ी एक कुर्सी पर बैठ गयी। उस समय पवित्रा को लगा कि उसकी नानी माँ उसकी बस एक संरक्षक ही नहीं अपितु उसकी माँ एवं एक सहेली भी है। जब पवित्रा ने सुमने के विषय में उनसे उल्लेख किया तो नानी माँ ने अपना काम बन्द कर सिर उठाकर पवित्रा की तरफ़ देखा और उससे पूछा कि तुम्हारी माँ इस विषय में जानती है कि नहीं। उत्तर में पवित्रा ने अपना सिर हिला दिया।

नानी कहने लगी- "मेरी बेटी! मैं नहीं जानती हूँ कि उसने जवाब क्यों नहीं दिया।" और अपना सिर नीचे कर पवित्रा से बात करते हुए वह अपना काम करने लगी। "यदि उसकी तरफ़ से कोई जवाब नहीं है तो उसे भूल जाओ।" सिर्फ़ दो या तीन दिन साथ में बात कर लेने वाले किसी व्यक्ति के बारे में सोचकर तुम क्यों अपने आपको परेशान कर रही हो? तुम अभी सिर्फ़ अट्ठारह साल की हो, जब तुम यहाँ बस जाओगी, यहाँ कई रास्ते तुम्हारे लिए खुल जायेंगे और इनमें से कोई एक रास्ता तुम चुन सकती हो। अगर तुम चाहो तो खेती के काम में भी शामिल हो सकती हो, लेकिन इसमें तुम्हारी गोरी त्वचा कुछ दिनों के बाद मेरी तरह हो

जायेगी। ''ऐसा कहकर वह अपना सिर ऊपर कर हँसने लगी।'' तुम मेरी एकमात्र पोती हो और मैं तुम्हें अपने जैसा देखना चाहती हूँ। अगर तुम चाहो तो मैं तुम्हें एक अच्छी महिला दर्ज़ी बनने के लिए शिक्षा दिलवा सकती हूँ। शहर में एक अनुभवी महिला दर्ज़ी है। हमारे पड़ोस के घरों में सब लोग अपनी खेती के काम में व्यस्त रहते हैं और उससे कुछ पैसे एकत्र कर ज़्यादातर लोग अपने कपड़े शहर से बनवा लेते हैं। इस दर्ज़ी के काम की बहुत माँग है यहाँ। मैं तुम्हारे लिए एक जोड़ी सिलाई मशीन भी खरीद सकती हूँ और तुम अपनी सहायता के लिए मामूली वेतन पर एक सहायिका को भी रख सकती हो। अगर तुम चाहो तो तुम एक पौध शाला भी शुरू कर सकती हो। शहर से लोग आकर तुम्हारा सामान ख़रीदेंगे, हम शुरुआत में तुमको बीज और पौधे लाने में मदद कर सकते हैं। वह अपना काम खत्म करके सूप को हाथ में लेकर उठ जाती है और सामने आकर पवित्रा के पास बैठ जाती है। पवित्रा अपनी नानी माँ के सामने बैठकर सोच रही थी कि उन्होंने उसे कितना अच्छा सुझाव दिया है। वह ख़ुद को एक फूल के बड़े से बग़ीचे में खड़े हुए कल्पना करती है।

''मैं हमेशा चाहती हूँ कि मैं अपनी पोती के लिए अपनी ज़मीन पर ही एक घर बना दूँ, और जब तुम्हारी माँ वापस आये तो सही समय पर हम लोग तुम्हारी शादी के लिए एक अच्छे और नौजवान लड़के को ढूँढ़ेंगे। अगर तुम्हारा सुमने अईया आयेगा तो हम लोग उसके बारे में भी सोचेंगे। बेटा खुद सोचना तुम क्या करना चाहती हो?'' ये सब बातें करने के बाद उसकी नानी माँ सूप को मेज़ पर छोड़कर घर के पिछवाड़े की तरफ़ निकल जाती है। पवित्रा सूप से चावल के कुछ दाने अपने हाथ में लेकर मुँह में डालती है और पुनः समुने अईया के विषय में सोचने लगती है। ''मुझे उससे जवाब मिलेगा या नहीं?'' वह दरवाज़े तक अपनी नानी के पीछे आते हुए स्वयं से पूछती है।

पवित्रा घर के चौखट पर खड़ी होकर, अपनी नानी को घर के बाहरी कामों में व्यस्त देख रही थी। ''उसकी नानी अपने दाहिने हाथ में मटके के नीचे का हिस्सा पकड़कर, दूसरे हाथ को मटके के मुँह पर रखकर रोज़ शाम को पिछवाड़े की मिट्टी पर पानी डालती है। पवित्रा उनसे कई बार पूछना चाहती थी कि पाइप से ज़्यादा उन्हें सिंचाई के लिए मटका क्यों पसन्द है? सूखी मिट्टी पर पानी सींचने के बाद निकलने वाली ताज़ी हवा को अपनी साँसों में भरते हुए पिछली पूरी शाम पवित्रा उसी दरवाज़े के पास खड़ी रही।''

पवित्रा नीम के एक पेड़ की ओर बढ़ते हुए पिछली शाम को अपनी नानी द्वारा

दिये गये सुझावों पर विचार करते हुए सोचती है कि मैं चाहती हूँ कि मैं भी अपनी अच्चि अम्मा (नानी) की तरह बन सकूँ। वह पेड़ की छाँव के नीचे बैठती है और चारों ओर अपनी नज़रें दौड़ाती है। उसे लगता है कि यह पत्तों की सरसराहट वाले नीम के पेड़, मकानों के चारों तरफ़ फैली हुई विशाल खेती, बीच में सब्ज़ी का बगीचा, खेतों के पीछे भूरे रंग के फीते जैसी बहती छोटी नदी और हवाओं के झोंके से चक्कर खाता हुआ धूल का बवंडर उसके लिए अवश्य कुछ अच्छा करेगा। उसमें नये जीवन का संचार हो उठता है। उसके सामने दुनिया अलग ही दिखने लगती है। गहरी हरी पत्तियों के बीच से नीला आसमान चमकता है। अभी दोपहर का समय है और उसके लिए सूर्य की चमक देखना कठिन है। पवित्रा चमकदार और नीले आसमान को बड़ी मुश्किल से देखती है। सफ़ेद बर्फ़ जैसा विशाल लहराता हुआ बादल आसमान के नीचे से धीरे-धीरे गुज़र रहा था। इन सब अद्‌भुत दृश्यों को देखते हुए वह अपनी माँ को नानी की ज़मीन पर पौधाघर बनाने के लिए लिखने का निश्चय करती है जिससे वह अपने जीवन की एक नयी शुरुआत कर सके।

अनुवाद : रेव. डब्ल्यू. सुमनसार

❑❑